A INVASÃO DO POVO DO ESPÍRITO

JUAN PABLO VILLALOBOS

A invasão do povo do espírito

Tradução
Sérgio Molina

Companhia das Letras

Copyright © 2020 by Juan Pablo Villalobos
Copyright © 2020 by Editorial Anagrama S.A., Barcelona

Publicado em acordo com Michael Gaeb Literary Agency e em conjunto com Villas-Boas & Moss Agência Literária.

Grafia atualizada segundo o Acordo Ortográfico da Língua Portuguesa de 1990, que entrou em vigor no Brasil em 2009.

Título original
La invasión del pueblo del espíritu

Capa
Elisa von Randow

Preparação
Silvia Massimini Felix

Revisão
Erika Nogueira Vieira
Eduardo Santos

Dados Internacionais de Catalogação na Publicação (CIP)
(Câmara Brasileira do Livro, SP, Brasil)

Villalobos, Juan Pablo
  A invasão do povo do espírito / Juan Pablo Villalobos ; tradução Sérgio Molina. — 1ª ed. — São Paulo : Companhia das Letras, 2023.

  Título original: La invasión del pueblo del espíritu.
  ISBN 978-65-5921-113-5

  1. Ficção mexicana I. Título.

22-116491   CDD-M863

Índice para catálogo sistemático:
1. Ficção : Literatura mexicana   M863

Eliete Marques da Silva – Bibliotecária – CRB-8/9380

Todos os direitos desta edição reservados à
EDITORA SCHWARCZ S.A.
Rua Bandeira Paulista, 702, cj. 32
04532-002 — São Paulo — SP
Telefone: (11) 3707-3500
www.companhiadasletras.com.br
www.blogdacompanhia.com.br
facebook.com/companhiadasletras
instagram.com/companhiadasletras
twitter.com/cialetras

Estamos sós.
　　　José Alfredo Jiménez

Não estamos sós.
　　　Fox Mulder

Para meus pais
Para meus filhos

1.

Esta é a história de Gastón e de seu melhor amigo, Max. É também a história de Gato, o cachorro de Gastón, e de Pol, o filho de Max. Há muitos outros personagens nesta história, mas sempre acompanharemos Gastón, como se pairássemos atrás dele e tivéssemos acesso a seus sentimentos, a suas sensações, ao fluxo do seu pensamento. Somos uns enxeridos, na verdade, e por isso teremos que tomar muito cuidado, senão Gastón poderá nos expulsar de perto dele e estragar nosso plano. Nosso plano é chegar à última página deste livro (que ninguém imagine uma conspiração), por isso temos que seguir Gastón no presente, até chegarmos ao final. O presente está aqui, enquanto escrevemos aqui e lemos aqui. Aqui. Também o lugar, a cidade onde a história se passa, está aqui, nesta página. Não é necessário procurá-la fora daqui. Afinal, tempo e espaço são a mesma coisa. Nosso lugar é o tempo em que transcorremos; o presente é nosso lugar de residência. Quanto ao passado, nós o iremos entendendo ao longo do caminho, porque ele é a conexão entre o presente e o futuro. O passado será o dedo que fará avançar as páginas deste livro.

Viremos a página: o futuro está aí.

2.

Estão sozinhos no restaurante vazio, treze bilhões e oitocentos milhões de anos depois do nascimento do nosso Universo, assistindo a uma partida do time da cidade, o time em que joga o melhor jogador da Terra, e tomando uma cerveja no balcão; Gastón do lado dos clientes, com Gato deitado a seus pés, cochilando, e Max do lado do barman. É um balcão de madeira rústica, pintada de verde, tentando imitar os da terra natal de Max, embora os pimentões que o decoram lembrem mais os do Oriente Médio; de fato, o marceneiro que Max contratou era um médio-oriental, que se mostrou um bom marceneiro, eficiente e pontual, mas uma negação no quesito folclore forasteiro. A persiana da rua está baixa e há um cartaz anunciando "Fechado para férias", com o qual Max pretende poupar-se de explicações a clientes e vizinhos.

— E se a gente comprar o ponto? — Gastón pergunta a Max.

Esse é Max, ou o que resta dele, se considerarmos o que Gastón sente quando o vê. Max de ombros caídos e olhos sempre baixos, desde que descobriu no celular o jogo das balas coloridas. Está atravessando um momento difícil, Max; primeiro seu filho teve que ir morar longe por causa do trabalho, e pouco depois ele perdeu o restaurante, por traição. O proprietário vendeu o ponto pelas costas dele, aproveitando o vencimento do contrato e sem lhe dar chance de negociar. A partir daí, Max não deixou mais o prédio onde ficam o restaurante e sua casa; o que anos atrás era uma solução prática, morar no mesmo edifício em que se localiza o restaurante, no térreo, agora favorece sua rotina de confinamento. De manhã, ele desce do quarto andar pelas escadas, passa o dia inteiro no restaurante sem fazer nada e no fim sobe de volta (e como não fazer nada é uma atividade que facilmente se estende sem controle, ele costuma voltar muito tarde, quase sempre de madrugada). Ainda faltam alguns dias para a data de entrega do ponto, e a única coisa que ele fez, a única decisão que tomou, foi não voltar a abrir para os clientes.

O lugar cheira a óleo de girassol queimado, rançoso, o óleo reutilizado e requentado que talvez ainda contenha um bilionésimo de litro do óleo original em que Max mergulhou os primeiros triângulos de tortilha de milho há quase trinta anos, para preparar um prato de *nachos* com molho de abacate. Todos os televisores estão ligados, incluindo o telão da sala principal, pois são controlados por um sistema que os sincroniza. Deve haver um jeito de fazer com que funcionem de forma independente, mas para isso seria necessário descobrir como, perguntar ao técnico que instalou o sistema ou tentar lembrar, e essa é uma das muitas coisas que Max precisaria fazer, mas continua adiando, como se não houvesse uma data-limite, uma linha morta no calendário, no último dia do mês. O volume está silenciado; falta a gritaria do locutor, sua cantilena na língua nativa, misturada ao burburinho dos clientes que bebiam de pé, espremidos junto ao balcão, para que fosse uma noite como as outras.

— Não tenho dinheiro — responde Max.
— Eu tenho umas economias — diz Gastón —, podemos virar sócios.
— Estou cansado — replica Max, sem levantar a cabeça, olhando a tela do celular em vez da partida na TV. — Não quero falar sobre isso.

Gastón sabe que, quando Max diz que está cansado, quer dizer que já descartou de antemão essa e outras possibilidades. O preço dos aluguéis no bairro aumentou tanto que o forçaria a faturar quase o dobro em outro ponto; restaria mudar o restaurante para um bairro mais barato, mas com isso perderia a freguesia e teria que recomeçar do zero, o que ele considera descabido na sua idade (Max tem cinquenta e cinco anos, um a menos que Gastón).

As telas mostram que o melhor jogador da Terra parou de correr. Ele está inclinado para a frente, com as mãos nos joelhos, cuspindo ou talvez vomitando. A partida continua, mas as câmeras não se afastam dele, como se a bola fosse um acessório, ou o objetivo do jogo fosse passar mal.

— Que será que ele tem? — Gastón pergunta para o ar, para um interlocutor que não existe fora de sua própria cabeça, para si mesmo, para esta página, para nós.

Pega o controle remoto e aumenta o som para ouvir o comentarista dizer que na terra onde o melhor jogador da Terra nasceu dizem que ele tem medo, tem crises de ansiedade, e por isso é incapaz de ganhar um campeonato pela seleção de seu país. Enquanto isso, o time da cidade passa a bola de um lado para o outro, zonzeando os adversários, esperando que o herói se recupere. Gastón volta a silenciar o som da TV. De repente, Max desperta do seu atordoamento, aponta a cabeça por cima do balcão e oferece *nachos* para o cachorro. Gato baixa as orelhas e seus olhos se enchem de lágrimas; é o mesmo gesto que faz quando vomita no sofá ou na cama de Gastón. Deduzimos que ele quer dizer que sim, mas é um cachorro. Um cachorro com dor. Na semana passada, Gastón o levou ao veterinário, depois de descobrir um caroço em seu peito. Era uma massa de células anormal, maligna, que já se espalhara pelo corpo todo.

— Quando vai começar o tratamento? — pergunta Max, enquanto enfia a mão num saco gigante de *nachos*; contorna o balcão em câmera lenta, agacha-se para depositar o punhado de tortilhas fritas no chão, junto ao focinho do cachorro, e lhe dá um beijo no cocuruto.

Gastón responde com um insulto que nos sobressalta, um insulto que envolve a mãe de Max, ou não exatamente a mãe, na verdade; é um daqueles insultos retóricos comuníssimos na terra natal de Max, que Gastón adotou como seu depois de muitos anos de convívio.

Será que Gastón é um sujeito irascível? Mais um desses energúmenos que infestam a história da literatura? Esperemos que não. Estamos cansados de histórias de ressentidos, estamos fartos de enaltecer o rancor e as frustrações. Não, calma; agora entendemos o que está acontecendo: o time da cidade acabou de tomar um gol.

3.

Dizem que os extremo-orientais foram comprando tudo no bairro. Os cafés, os bares, os restaurantes, comércios antiquados como armarinhos ou armazéns de secos e molhados que transformam em bazares. Gastón interroga Yu, o extremo-oriental do bazar que fica na esquina do restaurante (Max se negou a dar detalhes sobre o comprador). Mas neste caso não foi nenhum extremo-oriental, Gastón se precipitou em seu julgamento; foi alguém do Oriente, mas não do Extremo Oriente, e sim do Médio.

— Aqueles que abriram a nova quitanda, no outro quarteirão — explica Yu, fazendo um esforço sobre-humano para pronunciar os erres da palavra "quarteirão".

Gastón se dirige para lá. Mas também não são do Oriente Médio; são norte-orientais.

4.

O norte-oriental da quitanda insiste para que Gastón se identifique adequadamente se quiser falar de negócios; precisa saber de onde ele vem e ao que se dedica para acionar os códigos de confiança, ou desconfiança, territorial e setorial. Não é fácil determinar de onde Gastón vem; a pele mais escura que a dos peninsulares, as maçãs do rosto largas, os olhos quase cinza, os tufos de pelos nas orelhas — que mais do que uma característica fenotípica são um sinal licantrópico de envelhecimento — produzem um efeito visual singular, imune à classificação. Seu modo de falar também não ajuda, o sotaque estranho com que entoa a língua colonizadora depois de tantos anos morando aqui, mais de trinta, o vocabulário que mistura seu léxico folclórico com o da Península, e também o de Max e expressões emprestadas da língua nativa.

— Sou do Cone Sul — diz Gastón. — Cone-sulino. Tenho a horta que fica atrás do Parque Histórico.

— Na montanha? — pergunta surpreso o norte-oriental.

— A terra lá é muito boa — responde Gastón —, só precisa

cortar a ladeira e assentar terraços de cultivo. Se você quiser vir qualquer dia desses, posso mostrar a horta e tomamos uma cerveja.

O norte-oriental pergunta se ele é fornecedor da concorrência. Estão rodeados de caixas de frutas e legumes, mas apesar disso Gastón se sente um intruso, um agricultor numa fábrica de guarda-chuvas. À luz da manhã pré-primaveril, a mercadoria brilha limpa demais, colorida demais, encerada, plastificada. Quase não há rastros de terra nem cheiros. A etiqueta colada em cada uma das peças evidencia milhares de quilômetros de transporte por mar ou por terra, provenientes de imensos campos de trabalho semiescravo no sul-oriente ou sul-ocidente da Terra.

Gastón explica que é um terreno pequeno, que seus clientes são restaurantes e particulares, que ele planta ervas, frutas e legumes exóticos, o chamado gourmet ou étnico, e que há muitos anos cultiva os pimentões com que Max prepara os molhos para os *nachos* e outros pratos de sua terra natal.

— E com isso dá para viver? — pergunta o norte-oriental.

É uma boa pergunta, própria de quem tem conhecimentos de economia suficientes para saber que a agricultura só é negócio com a exploração em larga escala. Gastón responde que dá para o gasto, que ele consegue cuidar da horta sozinho e que não tem família, são poucas as despesas; isso, no entanto, não explica como ele pode ter dinheiro para comprar o ponto do restaurante, mas esse parece um raciocínio que o norte-oriental, assim, de bate-pronto, não faz, ou, se o faz, não o diz.

Nesta hora, Gato, que acompanha Gastón para cima e para baixo, começa a ganir e a se contorcer no chão. Os episódios começaram depois que a doença foi detectada; sem dúvida foi uma coincidência, por mais que nos sintamos tentados a atribuí-la a uma percepção extrassensorial do cachorro, como se o diagnóstico tivesse ativado seus neurônios receptores da dor. Gastón se agacha para tentar acalmá-lo; desta vez, o episódio dura apenas alguns segundos, Gato recupera a calma e permanece estirado no chão, temendo que, caso se mova, as dores recomecem; fica tão imóvel que, mais do que um reflexo condicionado, parece uma superstição. Em sua lógica canina de causas e efeitos, quando ele se deita, a dor desaparece.

— O que ele tem? — pergunta o norte-oriental.

— É uma mutação genética — responde Gastón —, foi diagnosticada há poucos dias.

De súbito ele se comove, seu rosto arde e os canais lacrimais recebem um sinal de alerta: são os hormônios da tristeza. O norte-oriental percebe a alteração.

— Não adianta — diz.

Gastón responde que não entendeu.

— Se é uma estratégia de negociação, usar o cachorro para provocar pena — explica o norte-oriental. — Não posso vender. O restaurante é para o meu irmão, que vem morar aqui com a família, e precisamos da propriedade para conseguir o visto.

Explica que em sua terra natal falta trabalho e terra para trabalhar, que a terra foi devastada na última guerra de fronteiras entre os norte-orientais do Norte e os norte-orientais do Sul, na qual morreu sua esposa, a mãe de sua filha. Diz tudo isso com frieza, talvez para que Gastón não pense que está dobrando a aposta na disputa de comiseração; depois vira a cabeça para trás, para a porta dos fundos, onde apareceu uma menininha, como para provar que o norte-oriental não está mentindo. Deve ter três ou quatro anos, ou melhor, três recém-completados, porque se fosse mais velha estaria na escola nesse horário, e se aproxima arrastando os pés, lutando contra a timidez, até o lugar onde Gato está deitado. Pergunta alguma coisa para o pai numa língua que não entendemos.

— Ela quer saber o nome do cachorro — diz o norte-oriental.

Gastón responde, repete o nome três vezes, separando bem as sílabas, supondo que assim há mais probabilidades de que a menina consiga entendê-lo. O norte-oriental parece confuso, pela contradição do nome do cachorro, mas não diz nada, talvez por achar que entendeu errado (essa hipótese é nossa). A menina, ao contrário, não vê contradição alguma; afinal, foi outra criança, Pol, filho de Max, que escolheu o nome do cachorro, há muitos anos.

— E você? — pergunta Gastón.

O pai responde que se chama Varushka. A menina se reclina para olhar o cachorro de perto e diz algo.

— Ela está perguntando se pode fazer carinho nele — traduz o norte-oriental.

Gastón diz que sim, que o cachorro gosta muito de crianças. O norte-oriental cumpre sua função de intérprete. A menina se senta no chão e passa suavemente a mão direita pela cabeça de Gato, várias vezes, repetindo ao mesmo tempo, sem pausa, uma frase curta e doce, como uma canção de ninar, como o encantamento de um feitiço num conto de fadas.

— Ela está dizendo que é um lobo muito bonito — traduz o norte-oriental.

5.

Ao acordar, Gastón faz uma videochamada para Pol, o filho de Max. Quando Pol terminou o curso de biologia, passou um período de inatividade assustadoramente parecido ao dos micróbios que estudava em sua tese, até ser admitido numa equipe de cientistas que estuda a vida em condições extremas. Seu trabalho o obriga a viver num lugar gelado, distante, além da linha de congelamento, na Tundra, avançando seis horas em direção ao oriente a partir do poente onde vivem Gastón e Max. Parece um trabalho emocionante, e é mesmo, mas o contrato é apenas por um ano e só será renovado se o instituto de pesquisa conseguir mais verba de financiamento. O salário de Pol, de fato, não é pago pela universidade, mas por um grupo de investidores que cobre parte do orçamento do instituto.

— Ele nem se levanta para abrir a porta — Gastón explica a Pol. — Ainda bem que deixou comigo um jogo de chaves, para emergências. Deve entregar o ponto no final do mês, e ainda não fez nada. Tem comida apodrecendo nas geladeiras.

Tenta analisar a reação de Pol na tela do celular; nós espiamos por cima de seu ombro: mais do que triste ou preocupado, Pol parece assustado, mas talvez não com o que Gastón lhe contou. Ou pode ser que essa expressão não represente nenhum estado de espírito, e sim do corpo; talvez seja o frio (Pol está usando um casaco monstruoso). Ele se parece bem pouco com Max, quase nada, no máximo pelas entradas prematuras na testa, e mesmo a calvície não podemos ter certeza de que seja herança do pai, pois é um traço poligênico. Se Gastón não estivesse falando com ele, dificilmente adivinharíamos que esse é Pol. Mas, já sabendo disso, podemos tentar imaginar a mãe dele, em comparação com Max: mais morena, com o nariz mais achatado, os lábios mais finos e essa dentadura que mal cabe nos maxilares, como se fosse postiça e estivesse prestes a saltar para fora na primeira gargalhada.

Será que a mãe de Pol era assim? Não podemos saber, e na realidade não tem importância, porque a verdade não reside na imagem, e sim no processo de imaginar, no que ocorre entre a mente e a matéria, em como contamos esta história. De fato, Gastón mal se lembra da mãe de Pol (Max e ela nunca conviveram como um casal), só a viu umas poucas vezes quando o menino estava começando a ir à escola e ele ajudava Max na logística da guarda compartilhada, aquele cipoal de horários, trocas de roupa, lanches e mochilas, pouco antes de ela sofrer um acidente na estrada, durante umas férias em sua terra natal, a mesma de Max.

Pol está tremendo de frio e, se a conexão fosse melhor, temos certeza de que poderíamos escutar seus dentes batendo.

— Aí não tem calefação? — pergunta Gastón.

— Estou na universidade — responde Pol —, vim até o corredor para ninguém nos escutar.

— Por acaso alguém consegue nos entender nessa Tundra?

— Aqui tem de tudo, bastante gente do Cone Sul, uma porção da Península.

— Qual a temperatura aí?

— Agora? Vinte e cinco graus abaixo de zero.

Segundo o que Pol lhe contou, podia ser muito pior: há dias, nesta época do ano em que o inverno resiste a ir embora e a primavera não tem pressa de chegar, nos quais o termômetro chega a marcar dez graus a menos.

— Onde você está? — pergunta Pol. — Mal consigo te ver.

Gastón responde que está em casa, sentado na sala, e pede para Pol esperar um pouco, que ele vai acender a luz, porque a Terra ainda não girou o suficiente para tirá-lo da penumbra. Deixa o celular sobre a mesa de centro e se levanta, e nós aproveitamos para desviar a vista da tela do telefone e dar uma olhada em volta, nos móveis sólidos, antigos, pesados, do tempo em que havia madeira de verdade, quando ainda restavam florestas e as devastávamos despreocupadamente. Vemos também as cortinas e as toalhas de mesa novecentistas, de poliéster, a louça exposta na cristaleira, com as bordas douradas. É uma louça antiga, que pertenceu à proprietária da casa, mas não é uma antiguidade; é apenas uma louça velha e gasta, como todas as coisas aqui, vestígios de outra vida que Gastón não teve problemas em ocupar quando se mudou, sem se apropriar deles, sem adaptá-los, como um viajante que só fosse pernoitar ali. Há muitos anos, a proprietária teve que ser internada numa casa de repouso, e a família pôs a casa para alugar; Gastón se instalou nela como teria feito um filho, se a mulher houvesse tido algum. Ela morreu faz um bom tempo, e desde então a imobiliária transfere o dinheiro do aluguel a uma sobrinha que não mora na cidade. A casa tem um dormitório, um quartinho de despejo, a cozinha, um banheiro e nenhuma foto, nenhum porta-retratos, nenhum rastro de cônjuges, dos quatro ou cinco casamentos que Gastón já teve, nem de parentes ou antepassados, como se ele tivesse saído do nada, de lugar nenhum, quando na realidade saiu do mesmo lugar que todos nós, do útero de uma mãe (que faleceu quando ele era adolescente), de uma terra da qual se sentiu expulso porque sempre a sentiu alheia, um erro do destino que corrigiu deixando-a assim que foi possível.

— Precisamos fazer alguma coisa com teu pai — insiste Gastón, quando volta a pegar o celular, retomando a conversa.

Pol diz que Max logo vai sair dessa, que uma hora vai se cansar de ficar enfurnado, que é só o luto pelo restaurante, mas que seu pai é um homem de ação, não consegue ficar quieto. Que faz muito tempo que ele trabalha sem parar e bem merece um descanso.

— Você não pode vir? — Gastón pergunta a Pol. — Isso com certeza animaria teu pai, ele sente muito a tua falta.

— Agora não posso — responde Pol. — Neste momento não dá, de jeito nenhum. Estamos atrás de um peixe grande. Não posso dizer o que é, por causa das cláusulas de confidencialidade, sabe como são essas coisas. Mas, assim que der, prometo que eu vou.

Gastón o vê desviar os olhos para fora da tela, depois o ouve dizer algo numa língua que não entendemos.

— Preciso ir — diz Pol.

Faz uma pausa para atenuar a despedida, para não parecer indelicado.

— E o Gato, como vai? — diz.

— Todo dia pergunta por você — responde Gastón, para não ter que falar da saúde do cachorro.

— Dá um beijo nele por mim — diz Pol. — E cuida do meu pai, por favor. Vamos nos falando.

Faz um gesto de despedida com a mão enluvada que está livre, mas antes de encerrar a chamada se lembra de alguma coisa. Pergunta se Gastón está sabendo do avô dele, o que lhe causa surpresa, não apenas pela guinada na conversa, mas porque não costumam tratar desse assunto. Gastón e o pai de Max só conviveram nas ocasionais visitas do velho, que vive na direção temporal e espacial contrária, nove horas atrás de Gastón e de Max, quinze horas atrás de Pol, nos confins do poente, na Península de uma das ex-colônias. Foram poucas visitas, quatro ou cinco nos trinta anos desde que Gastón e Max se conhecem.

— Aconteceu alguma coisa? — pergunta Gastón.

— Meu pai não te contou? — responde Pol.

Gastón imagina que se trata de algum problema de saúde; o avô de Pol não é muito velho, deve ter pouco mais de setenta anos, mas é uma idade de notícias definitivas.

— Ele está doente? — pergunta Gastón.

— Não, não é isso, pergunta para o meu pai, que ele te explica — responde Pol, e desliga.

6.

Gastón prefere não perguntar nada a Max, mas basta uma simples busca na rede para dar sentido às palavras de Pol. Os jornais daquela Península, a do avô de Pol nas ex-colônias, falam de uma comissão para investigar as contas da prefeitura em que o pai de Max foi secretário de obras públicas na gestão anterior. As últimas notícias informam que seu paradeiro é desconhecido. Especula-se que poderia ter aproveitado o fato de seus antepassados serem peninsulares, da Península colonizadora, para cruzar fronteiras usando esse passaporte sem ser identificado.

Max é o filho mais velho de uma série que, segundo os cálculos de Gastón, deve a essa altura ter chegado a uma dezena, entre legítimos e alternativos (Max inaugura a segunda lista). Ele foi concebido quando os pais ainda eram adolescentes; é o que chamaríamos de "pecado de juventude", se isto aqui fosse um romance romântico, mas diremos que foi produto de uma ação imprudente por overdose de hormônios da felicidade.

Pouco depois de se conhecerem, numa daquelas noites de festa dos seus primeiros tempos na cidade, Max perguntou a Gastón do que ele estava fugindo. Dito assim, parecia um exagero; já não era a época dos exilados das ditaduras das ex-colônias do Extremo Oeste, agora as pessoas se mudavam por motivos profissionais ou familiares, por necessidade econômica ou pelo desejo de uma vida melhor (esse "agora" se refere ao tempo daquela conversa, trinta anos atrás). Ou, como Gastón tentou explicar a Max, por um sentimento de inadequação, de incompatibilidade; pela certeza de não pertencer à terra onde se nasceu.

— Todos estamos fugindo de alguém — escutamos Gastón recordar que Max disse.

Não era a hora nem o lugar apropriado para as elucubrações filosóficas de Gastón, seus balbucios alcoólicos sobre como tomar distância da terra natal era a condição da liberdade, sua arenga sobre o traslado territorial como um renascimento, como uma oportunidade de destruir a identidade passada, de ser alguém novo ou de nunca voltar a ser ninguém em particular.

— Estamos dizendo a mesma coisa — escutamos Max na lembrança de Gastón. — Estamos todos fugindo do pai.

— Mas meu pai já tinha morrido quando eu resolvi ir embora — recorda Gastón.

— Pior ainda — diz Max na lembrança. — Porque nesse caso você veio procurar por ele.

7.

Na recepção da clínica, depois de o veterinário interpretar o resultado dos exames, depois de Gastón ter suas esperanças aniquiladas e ser advertido de que não deveria prolongar desnecessariamente o sofrimento do cão, ele recebe um envelope de documentos. Ali estão o diagnóstico, as radiografias, as receitas, as instruções. Os papéis pesam nas mãos de Gastón como uma sentença.

O recepcionista está esperando que Gastón escolha a data em que trará Gato para efetuar o procedimento. Foram essas as palavras do veterinário que agora o recepcionista repete. Efetuar o procedimento. O que têm a ver, pensa Gastón, essas palavras com a morte do seu companheiro?

— Depois de amanhã está bom? — insiste o recepcionista.

Gastón finge receber uma ligação, cola o celular à orelha direita, desculpa-se com um gesto, puxa a coleira com a mão esquerda para arrastar Gato e foge da clínica.

8.

Vai até a imobiliária que lhe aluga a casa disposto a expor a situação. Sua ideia é comprar outro ponto nos arredores a um preço equivalente e propor uma troca ao norte-oriental. É atendido por um corretor muito jovem, e seu rosto não lhe é estranho, talvez tenha sido colega de Pol no primário ou na escolinha de futebol, mas não tem muita certeza disso. Veste um terno barato, que mais parece um uniforme, uma fantasia para disfarçar a precariedade, e uma gravata verde-garrafa ridícula que é obrigado a usar para fazer jogo com a decoração do local e a imagem corporativa da empresa.

Fazem uma busca detalhada na base de dados, que leva quase meia hora, e, quando terminam, depois de muitos descartes, não resta nada. O corretor explica, para se desculpar, o que Gastón sabe que não quis dizer logo de saída, o que ele já sabia e Gastón também, mas seu trabalho consiste em simular essas buscas, em esperar que aconteça um milagre. O milagre se chama novo registro na base de dados da imobiliária.

— O mercado está aquecido — diz o corretor para concluir. — Ainda mais neste bairro, que está na moda.

— É o que dizem — responde Gastón, pensando que parte da estratégia para aquecer o mercado é, justamente, toda a pantomima que os dois acabam de representar.

O corretor oferece a Gastón um cartão de visitas, um folheto, a revista da empresa, confirma seus dados e promete que vai entrar em contato se aparecer algum imóvel com as características que ele procura. Gastón se levanta e puxa a coleira de Gato, mas o corretor o retém.

— Se um dia você resolver vender a horta, por favor, me avise — diz, mudando de assunto. — Não sei como está a classificação do terreno, mas aquilo vale ouro.

Gastón confirma que o corretor é realmente amigo, ou no mínimo conhecido, de Pol. Assente com um movimento de cabeça, mais nada. Não se ofende com a intromissão nem se acha na obrigação de responder. Sabe que é isso que todo mundo imagina que ele terá de fazer para poder se aposentar. Requalificar o uso do solo era um assunto que Max sempre puxava, o Max anterior, o pragmático, o homem de ação com os pés no chão.

— Posso fazer uma pergunta? — insiste o corretor.

— Diga — responde Gastón, que volta a procurar na memória qual é a relação entre o corretor e Pol, de onde o conhece.

— A horta é tão bom negócio assim? — diz o corretor. — A ponto de você ter economias para comprar um ponto desse valor? Não me leve a mal, é só curiosidade. Meus avós vieram do campo, do Sul, porque estavam morrendo de fome.

— A horta dá algum dinheiro, sim — responde Gastón —, mas eu tenho um tanto guardado de uma herança.

— Imaginei — responde o corretor.

Imediatamente se arrepende da espontaneidade da frase, que é ofensiva e constrangedora, e se apressa a pegar o celular, que está sobre a mesa.

— Você já viu o vídeo que o Pol postou? — pergunta, enquanto desbloqueia o aparelho e começa a deslizar o indicador da mão direita pela tela.

Gastón diz que não usa redes sociais e aproveita para lhe perguntar de onde ele e Pol se conhecem.

— Da praça das Mulheres — diz o corretor.

Por isso Gastón estava com dificuldades para se lembrar dele: era um rosto a mais em meio à coreografia de meninos correndo atrás de uma bola ou montados numa bicicleta. Durante anos, todas as tardes, Gastón ia pegar Pol na escola, às cinco, com o lanche; Max não podia fazer isso, porque era justo a hora de aprontar o restaurante para o jantar. Às segundas e quartas, Gastón levava o garoto ao treino de futebol. Nos outros dias, para brincar na praça das Mulheres Revolucionárias (habitualmente chamada praça das Mulheres, para abreviar), que ficava no meio do caminho entre a escola e o restaurante. Depois, por volta das sete, ia deixá-lo com Max, que os recebia pondo sobre o balcão uma cerveja, um refresco de hibisco e uma tigela de *nachos* com molho de abacate.

O corretor finalmente localiza o vídeo e entrega o celular a Gastón. Vemos Pol na neve, ou no gelo, para sermos mais exatos. Na mão direita tem um celular no qual mostra para a câmera, a câmera de outro celular que, imaginamos, algum de seus colegas deve estar segurando, a temperatura informada por um aplicativo: trinta e dois graus Celsius negativos. Depois a câmera se aproxima do rosto de Pol, que cerra os olhos, com força, vai ficando vermelho, até que duas lágrimas brotam de cada pálpebra inferior; vão escorrer, mas congelam no mesmo instante. Pol leva a mão enluvada aos olhos e tenta tirar as duas gotas de gelo. Dá risada porque, por culpa das luvas, não consegue completar o espetáculo.

9.

Gato sofre mais uma crise, agora na rua, justo quando Gastón e o cachorro estão passando em frente à vitrine do bazar extremo-oriental. Yu presencia a cena de trás do caixa e sai às pressas para oferecer ajuda. Os gemidos não demoram a desaparecer, mas Gato não se levanta. Yu pergunta o que ele tem. Seus dois filhos, uma menina de sete anos e um menino de cinco, calculamos, também saíram da loja.

— Ele está com dor? — pergunta o menino na língua nativa.

Gastón responde que sim, que é um cachorro velho, que está doente. A menina se senta nas lajotas de flor em relevo do calçamento para acompanhar Gato e, quando aproxima a mão para acariciá-lo, Yu grita alguma coisa numa língua que não entendemos, numa das numerosas línguas que são faladas no Extremo Oriente. Não entendemos a língua, mas podemos deduzir o sentido do grito de Yu: que não mexa no cachorro sem pedir permissão; ou que simplesmente não mexa nele, temendo que Gato possa reagir mal por causa da dor.

A menina se levanta e as duas crianças se retiram, antes que

Gastón possa intervir a seu favor e antes de perceber que o que Yu gritou, na verdade, era uma ordem para que entrassem de volta na loja.

— Tem cura? — Yu pergunta a Gastón.

Gastón fica olhando para Gato, como se tampouco entendesse essa pergunta, como se tivéssemos que interpretá-la. Yu então lhe conta que quando era pequeno tinha um cachorro que adoeceu e tiveram que pôr o bicho para dormir; que quem cuidou disso foi uma adormecedora, que as adormecedoras utilizam a medicina tradicional para aliviar a dor e pôr para dormir, definitivamente, os sofredores. Ele diz tudo isso com outras palavras, usando a língua colonizadora de um modo que transparece outra estrutura de pensamento. Gastón repete as palavras na cabeça, e nós o escutamos, imitando o "r" muito suave de Yu, que as torna ainda mais doces, mais distantes do vocabulário técnico, contábil, do veterinário. Gastón pergunta se ele sabe de alguma adormecedora na cidade, e Yu acende um cigarro, como se o tabaco o ajudasse a pensar ou a lembrar, mas balança a cabeça negativamente e diz que isso foi há muito tempo, em sua terra natal. Gastón puxa a carteira do bolso de trás da calça e tira um cartão de visitas. Tem seu nome completo, seu telefone, seu e-mail e o endereço da horta. Diz a Yu que por favor lhe avise se souber de algo ou se tiver uma ideia de como poderia localizar uma adormecedora.

Os dois permanecem em silêncio, observando Gato, sua respiração ressabiada. Ainda não se acalmou por completo, portanto Gastón prefere esperar antes de retomar a caminhada. Hesita se deve aproveitar a situação, que parece propícia, para interrogar Yu, para lhe pedir ajuda. Reflete sobre a maneira como deve fazer isso, escolhe as palavras antes de abrir a boca. Finalmente se decide e pergunta:

— Vocês têm alguma imobiliária que administre a compra dos pontos?

— Nós? — responde Yu. — Nós quem?

Gastón caiu em sua própria armadilha. Preocupado em não associar sua consulta à origem de Yu, em não mencionar a terra do Extremo Oriente da qual emigraram Yu, sua família e seus conterrâneos, os proprietários dos bazares extremo-orientais do bairro, cometeu uma ofensa maior: segregá-lo; dizer "vocês" os aparta, os separa, os distingue, os agrupa. Yu percebe que Gastón se atrapalhou. Está ruborizado, e sua reação instintiva é pedir desculpas, mas se cala, porque acha que isso implicaria uma dupla humilhação, para ele e para Yu. Mas Yu parece estar se divertindo.

— Nós, os extremo-orientais? — insiste, agora sem tentar disfarçar o sotaque, sem se esforçar em articular o "r", transformando-o no "l" que marca o estereótipo fonético com que se espera que todos eles falem a língua colonizadora.

Solta uma gargalhada que não sabemos se é genuína ou teatral, joga a ponta do cigarro na calçada, dá um tapinha no ombro de Gastón e volta para dentro do bazar.

10.

O mal de Gato tem nome, um daqueles nomes difíceis que as doenças costumam ter. Mas não queremos mencioná-lo aqui, assim como não mencionamos o nome de outras coisas, algumas porque não têm importância, outras porque, quando nos negamos a mencionar seu nome, nos parecem ainda mais funestas.

Na clínica, disseram a Gastón que Gato não poderia fazer muito esforço, mas que ele também não devia se conformar a vê-lo o tempo todo deitado, que deveria insistir em levá-lo para breves passeios. Que a imobilidade poderia provocar uma atrofia muscular definitiva. Atrofia. Pronto, já sujamos a página. Enfim. Acabaram-se os longos passeios ao cair da tarde e de manhã bem cedo, no intervalo entre os primeiros trabalhos do dia e o café da manhã. Agora Gastón se limita ao imprescindível, que é percorrer a distância entre a horta e o restaurante de Max, sua casa e o supermercado no qual sempre faz as compras porque não o obrigam a abandonar Gato amarrado na calçada.

Gostaríamos de entrar na cabeça de Gato, saber se ele percebe o que está acontecendo, como interpreta o que o aguarda, desmentir a crença que nos confere superioridade sobre os outros seres vivos que habitam a Terra; uma vez lá, poderíamos também fazer um catálogo dos cheiros do bairro, atualizando-o a cada passeio. Mas não sejamos charlatães, ninguém pode entrar na cabeça de um cachorro. Devemos nos contentar com Gastón, já temos mais que o bastante com essa responsabilidade. Aqui nos foi dado um poder para escrever esta história. Não abusemos dele.

Gastón procura a adormecedora na internet; tenta ignorar tudo o que o desvia do seu objetivo concreto, que é conseguir um número de telefone ou um e-mail, mas fracassa. Navega no celular através de páginas que o levam a becos sem saída. Publicidade de talismãs. Cursos de meditação. Terapias do Extremo e do Médio Oriente. Desintoxicação por hipnose. Quando um link abre um aviso de vírus, ele conclui que é melhor recorrer a métodos mais tradicionais.

Liga para um dos muitos estabelecimentos de produtos espirituais da cidade e explica a situação ao homem que atende o telefone. O homem tem uma voz maternal, e com ela informa que a loja é especializada em pedras curativas, que lamenta não poder ajudá-lo. Gastón telefona para outra loja. A mulher que atende se mostra desconfiada, pergunta se Gastón é da polícia. Em seguida desliga, sem dar tempo para que Gastón tente se explicar.

A menção à polícia desnorteia Gastón, mas ele logo se acalma concluindo que o receio da mulher deve ter a ver com as atividades daquele comércio, não com a estranheza de seu pedido, a ponto de parecer criminoso. O celular toca. É o homem da primeira loja. Diz a Gastón que acaba de ter uma ideia que pode resolver seu problema.

— Procure a Associação de Curadores Tradicionais da Península — explica. — Eles saberão orientá-lo.

Gastón anota o número que o homem da primeira loja dita com sua voz maternal, despede-se agradecendo a gentileza e liga imediatamente para o outro número. O telefone toca três vezes e cai na caixa postal. Tenta várias vezes nas horas seguintes, com o mesmo resultado. Acaba deixando um recado lacônico, pedindo para que retornem sua ligação com urgência.

Apesar do que possa parecer, Gastón não acredita em filosofias extremo-orientais nem está recorrendo a elas por causa de uma fraqueza de espírito induzida pela tragédia. O que ele quer é acompanhar Gato nesse momento, não se separar dele, e que tudo aconteça sem alterar sua rotina, nos horários e lugares familiares para o cachorro. Quer que a adormecedora vá até a horta, onde pretende sepultar Gato.

11.

O advogado foi procurar Gastón na horta. Não teve dificuldade para encontrar o endereço; a cidade é grande, mas o bairro é como um vilarejo; perguntando a dois ou três moradores, mesmo que ao acaso, é possível localizar qualquer pessoa. Entrou direto porque o portão fica sempre entreaberto, mas não quis se afastar muito do lugar onde deixou a moto. Gastón o recebe na defensiva; em geral, não gosta de visitas, muito menos as inesperadas. Anos atrás, quando Pol era pequeno, Max costumava passar por lá aos sábados ou domingos logo cedo, para tomar uma cerveja matinal à sombra da alfarrobeira ou do abrigo de ferramentas. A conversa era agradável, mas tinham de ficar atentos aos movimentos de Pol, porque na primeira distração o garoto começava a desenterrar tubérculos. Gastón não pensa em oferecer uma cerveja ao advogado, mas pelo menos o acompanha até outra sombra, a do telheiro que ergueu junto à entrada para proteger a caminhonete de entregas.

— Ouvi dizer que você está interessado em recuperar o restaurante do seu amigo — diz o advogado.

O sujeito tem um forte sotaque do planalto central, ou é o que parece aos ouvidos de Gastón, que está longe de ser um entendido nas falas regionais da Península (assim como nós). Diz representar um grupo de comerciantes e moradores que está se organizando para fazer frente à invasão do bairro.

— É uma invasão — repete. — Se não fizermos nada, daqui a pouco só vão existir bazares de extremo-orientais, mercearias de médio-orientais e quitandas de norte-orientais.

Fala gesticulando muito, usando as mãos e fazendo caretas para acentuar a dramaticidade da questão. Na verdade, é mais moreno do que deveria ser, se quisesse que seu discurso tivesse mais credibilidade. Gastón explica que, caso ele não saiba, Max e ele também vieram de outro lugar. E que o restaurante em questão servia comida típica da terra natal de seu amigo.

— É diferente — responde o advogado. — Temos um passado em comum, falamos a mesma língua. De onde você é?

— Sou cone-sulino — responde Gastón.

— Viu? — exclama o advogado. — Somos povos irmãos, nunca nos esquecemos das colônias. Estamos juntos nisso.

O advogado olha atrás de Gastón, para os terraços da horta, para o horizonte recortado pela alfarrobeira. Por um segundo, Gastón fantasia que a árvore estende um dos galhos até o pescoço do advogado e o faz calar, mas a alfarrobeira tem a seiva doce; se Gastón quisesse uma árvore para defender a horta, teria plantado uma espécie de frutos amargos ou um arbusto espinhento, uma oliveira-brava.

— Minha família veio do campo — diz o advogado, sonhador. — Tudo isso me lembra os verões da minha infância. São cebolas alongadas? — pergunta, apontando para uma leira de terreno onde, de fato, crescem cebolas alongadas.

Depois de Gastón responder que sim, o advogado dirige o braço estendido para o cultivo vizinho, onde se veem quatro fileiras de arbustos com folhas em forma de lança.

— E ali? — pergunta, como se fosse uma criança em excursão escolar.

— Batatas-da-terra — diz Gastón.

— De que terra? — replica o advogado.

— Pergunte para elas — devolve Gastón. — Devem responder que desta terra, imagino.

— São da sua terra? — insiste o advogado, que de repente parece muito interessado.

Pergunta se são essas as batatas que o melhor jogador da Terra gosta de comer, as batatas-da-terra da terra do melhor jogador da Terra; diz que ele se lembra de ter lido algo assim no jornal, que o melhor jogador da Terra não podia viver sem elas, que as mandava plantar aqui, numa horta local, se por acaso não seria Gastón quem as planta. Gastón percebe seu deslize e interrompe o advogado para mudar de assunto (prometeu ao dono do restaurante cone-sulino que o recomendou ao pai do melhor jogador da Terra que nunca contaria a ninguém que era seu fornecedor, e isso significou, em mais de uma ocasião, negar-se a dar entrevistas à imprensa esportiva, que, de maneira infantil, queria ver nesse capricho nostálgico um alimento-fetiche, a fonte de superpoderes do herói da cidade); diz que acredita que há um mal-entendido. Que ele gostaria de ajudar Max, mas que não tem nada contra os extremo-orientais ou os norte-orientais.

— Nem contra os advogados camponeses — completa, com ironia e gentileza, com uma combinação improvável das duas, que nos permite observar que Gastón pode ser um pouco ermitão, mas não misantropo.

Gato dá um gemido de dor, onde quer que se encontre deitado, algum lugar próximo ao abrigo onde Gastón guarda as ferramentas. O advogado percebe que esse é o pretexto que Gastón utilizará para dispensá-lo.

— Se você me der seu telefone, posso mantê-lo informado do que está acontecendo no bairro — diz o advogado. — É importante estarmos unidos.

Explica que criaram um boletim eletrônico que funciona através do aplicativo de mensagens instantâneas que todo mundo usa. Gastón dita seu número, para encerrar a conversa e porque sabe que, de qualquer maneira, o advogado não teria nenhuma dificuldade em consegui-lo. O homem olha para trás, confirma que ninguém lhe roubou a moto e vai embora.

12.

Não é um programa de divulgação científica, é uma estratégia da televisão pública para exaltar a territorialidade. Visitam pessoas da Península por toda a Terra, pessoas que sofrem uma distorção da nostalgia provocada pela distância espacial. Gastón só vê o vídeo na rede dias depois da transmissão, pois um cliente lhe contou que o último capítulo se passava na Tundra e que Pol aparecia numa cena. Gostaríamos de assistir a esse programa numa tela maior, com algo para beliscar, umas azeitonas, e tomando uma cerveja, mas Gastón o vê no celular, numa pausa do trabalho, sentado à sombra do abrigo de ferramentas, com os fones nos ouvidos, e nós temos que entrar na cabeça dele para escutar.

O fragmento em que Pol aparece, com outros três colegas peninsulares, foi filmado no interior de um laboratório. Gastón reconhece o cenário pelas fotografias que Pol lhe mandou faz alguns meses, quando acabava de assumir o emprego. Um homem mais velho, com sotaque meridional, se encarrega de explicar, confusamente, as pesquisas que o grupo realiza. Fala em bactérias capazes de fazer uma pausa e permanecer em estado de suspensão, de micro-organismos que sobrevivem apesar de seu metabolismo parar por completo. Diz que existe vida que não depende da energia solar, que a presença de metano é um sinal de atividade biológica e que esses estudos poderiam ajudar a descobrir vida em outros planetas. O apresentador tenta fazer uma brincadeira sobre discos voadores, mas o homem mais velho nem sequer o deixa terminar seu comentário.

— A vida é um sistema químico capaz de evoluir em termos darwinianos — sentencia. — Tudo o mais é literatura.

O desprezo com que o homem mais velho pronuncia a palavra literatura nos ofende, mas Gastón nem sequer repara nisso (não é um homem de letras, de livros, não lê romances). Outro dos cientistas intervém para amenizar o rompante, conta como encontraram vida onde teoricamente não deveria haver nenhuma, ao perfurarem mais de um quilômetro de gelo, num lago subglacial que permanecera isolado por camadas congeladas que remontavam a mais de quatrocentos mil anos. O terceiro cientista é o mais pedagógico; trata o apresentador e, por extensão, os espectadores como crianças. Diz, de forma lenta e pausada, para permitir que a informação seja digerida, que esses organismos recebem o nome de extremófilos.

— São organismos que se desenvolvem em condições intoleráveis para formas complexas de vida — conclui.

Por mais estranho que pareça, tudo isso soa bem conhecido a Gastón: era o tema da tese de Pol e de muitas de suas conversas naquele tempo, enquanto a escrevia; até esse momento, no entanto, Pol se mantém em terceiro ou quarto plano; é o mais jovem e, certamente, também o mais inexperiente, por isso não lhe dão a palavra. Depois o grupo segue até a cafeteria da universidade, onde mostram a comida da Tundra (gelatinas de peixe e lacticínios fermentados), e enumeram todos os pratos da Península de que sentem falta. O homem mais velho é o mais convincente: consegue a façanha de fazer uma lista de embutidos de porco com a voz embargada.

Só então o apresentador nota o silêncio de Pol e lhe pergunta como se sente fazendo parte de um grupo de peninsulares que trabalha num projeto tão importante para a ciência. A câmera enquadra um Pol surpreso, que já devia estar conformado e satisfeito com seu papel de figurante.

— Não sei — diz —, aqui há pesquisadores de toda a Terra.

O apresentador parece achar que Pol é tímido e insiste tentando animá-lo, parabeniza-o, diz que eles todos são um orgulho para o povo de sua terra. Apesar de ser uma mensagem demagógica, Gastón volta a se sentir orgulhoso, como tantas outras vezes, não por patriotismo, mas por acreditar que o interesse de Pol pela biologia, mesmo que nunca o tenha confessado, tem algo a ver com ele e com a horta.

— De que parte da Península você é? — o apresentador pergunta a Pol.

Por um instante, como ainda não conhecemos Pol muito bem, tememos que abrigue algum tipo de ressentimento. Que diga que não se sente peninsular, que a família de seus pais vem de uma das ex-colônias (uma homenagem ao discurso nostálgico de seu pai e à memória de sua mãe), ou que faça uma defesa do povo nativo da porção da Península em que ele nasceu e cresceu (um reflexo do que aprendeu na escola quando era pequeno). Mas Pol olha para a câmera como se fosse incapaz de entender o que está acontecendo. Parece ausente, assustado, como se estivesse à beira de um surto de paranoia, algo do tipo ou tudo isso misturado. O homem mais velho interrompe a espera (a imagem se amplia para incluí-lo), dá dois tapinhas carinhosos no ombro de Pol e pronuncia o nome da cidade. Pol tenta sorrir e o apresentador encerra esse segmento do programa.

13.

"Te vi no programa de TV", escreve Gastón a Pol pelo aplicativo de mensagens instantâneas do celular. "Achei você muito magro, está tudo bem?", pergunta. Prefere recorrer ao lugar-comum do progenitor aflito, chantagear Pol com a suposta deterioração da sua aparência física, algo que, em caso de polêmica, é possível objetivar numa balança, e não expor às claras a preocupação com seu estado psicológico, com sua aparência transtornada na tela. Não pode dizer o que pensa, que Pol lhe pareceu nervoso, assustado, desconcertado, perturbado, dominado pelo mesmo desassossego que lhe transmitiu nas últimas videochamadas, agora acentuado por sua atuação errática no programa.

Gastón confirma que o aplicativo entregou as mensagens e se levanta para se aprontar e visitar Max; é fim de tarde, e à noite joga o time da cidade. Lava os braços, o rosto e as axilas no minúsculo banheiro que instalou no abrigo de ferramentas, com uma leve sensação de suspeita, de que algo não se encaixa por completo; continua pensando no programa, em que não explicaram a verdadeira atividade da equipe de pesquisa da qual Pol faz parte. Tudo o que disseram foi teórico, quando, na realidade, o que eles fazem na Tundra tem uma aplicação muito prática e concreta. Pol contou tudo a Max e Gastón quando foi selecionado, e avisou, solenemente, que se tratava de uma informação confidencial, que o projeto era secreto; naquele momento Gastón achou que ele estava exagerando, dando-se muita importância; mas agora descobre que talvez fosse mesmo verdade, porque no programa não se falou nada daquilo.

O que o instituto no qual Pol trabalha faz é desenvolver uma broca rotativa de água quente para perfurar o gelo sem contaminá-lo. Esse instrumento é empregado para extrair micro-organismos dos lagos subglaciais da Tundra, e o trabalho de Pol consiste em fazer medições para comprovar a assepsia do procedimento. Se cavassem no gelo com uma picareta, Pol dera como exemplo, sem tomar as precauções para garantir que a ferramenta permanecesse sempre estéril, as amostras que retirassem não serviriam para nada. No futuro, uma ferramenta como essa será enviada ao espaço para perfurar a superfície das luas geladas de Júpiter e Saturno, e é fundamental garantir que, se lá for encontrado algum micro-organismo, ele não tenha sido levado por nós. Por mais fantasioso que pareça, não se trata de ficção científica, como Gastón pôde comprovar na internet depois da conversa com Pol: há vários projetos de exploração espacial parecidos, e o grupo de Pol é apenas mais um na corrida para ver quem patenteia a melhor ferramenta e ganha um contrato milionário.

Gastón acaba de se lavar, veste a jaqueta, porque agora que o sol se pôs começa a esfriar, põe a coleira em Gato e volta a verificar o celular. "Vou passar uns dias fora, não localizável", lemos que Pol escreve, ignorando as preocupações de Gastón. "Tentei falar com meu pai, mas ele não atende. Aviso quando voltar." Pesquisa de campo, imagina Gastón, vão tirar bichos do gelo. "Ok", responde, "se cuida."

14.

Mais uma partida do time da cidade, agora pelo campeonato continental. Enquanto isso, Gastón inspeciona as geladeiras. Traz os recipientes da cozinha para poder acompanhar, com o canto do olho, a tela gigante. Guarda no freezer o que encontra em bom estado. Ou em estado ao menos duvidoso. O que está podre, vai jogando num enorme saco preto, de plástico reforçado, que encontrou no armário de produtos de limpeza. Max não interfere, nem sequer espia a partida: está viciado no game das balas coloridas.

— As coisas não vão se resolver por conta própria — diz Gastón, numa pausa entre a inspeção de uma geladeira e outra, como se estivesse falando, em abstrato, da vida de Max, embora, na realidade, se refira a coisas concretas. — Se você continuar nessa toada, não vai conseguir entregar o ponto a tempo.

Explica que os novos donos são norte-orientais, que Max deveria falar com eles para pedir mais prazo, ganhar alguns dias. Max nem sequer levanta a vista do celular. Também não diz nada. A barba por fazer e a camiseta esburacada de um festival de música realizado no Extremo Oeste nos anos noventa do século passado dão uma ideia bastante clara de seus novos hábitos de higiene e cuidado pessoal.

— O mínimo que você podia fazer — Gastón lhe diz — é tomar banho.

Quer dizer, então, que esse fedor de gaveta fechada, de umidade, de sujeira fermentada, emana de Max (não tínhamos como saber).

— Há quanto tempo que você não escova os dentes, campeão? — insiste. — Teu focinho fede mais que o do Gato.

Nas várias telas, o melhor jogador da Terra corre na diagonal, da beira do campo para o centro, com a bola nos pés, driblando os zagueiros do time setentrional. A transmissão está de novo silenciada, e isso amortece a emoção, a rebaixa, mas nós já vivemos essa situação centenas de vezes e conseguimos acrescentar o som ambiente: um rumor que vai crescendo até se transformar num alarido, o preâmbulo do gol.

— Temos que botar o Gato para dormir — diz Gastón de repente, do nada.

Segura entre as mãos um recipiente cheio de frango com fungos. Fungos dos maus, não *funghi*. Fungos de decomposição, bolor, micotoxinas, veneno. O fedor que o alimento emana o faz acelerar a operação. Despeja o conteúdo no saco plástico e se detém para observar o amigo. Duas lágrimas brotam dos olhos de Max e escorrem por seu rosto.

Max chora sem alarde, sem grandes gestos, um choro abafado e discreto, acompanhado pela arrancada do melhor jogador da Terra, que continua a se esquivar das pernas dos rivais como única prova de que o tempo não parou. Gastón olha as lágrimas de Max e o brilho colorido das balas na tela do celular. E nós nos perguntamos que tipo de choro é esse, de que tipo de hormônios e elementos químicos é composto; se Max chora para eliminar os hormônios da tristeza ou se esse choro aumentará sua impotência. E então o melhor jogador da Terra finalmente encontra a brecha para chutar, bate na bola com a esquerda e perde o gol.

15.

Ao sair do restaurante, Gastón vê o Tucu se aproximar, atravessando a rua em sua direção. A persiana já está na metade de sua descida para fechar a entrada.

— Você tem cinco minutos? — pergunta o Tucu.

Será que Max e o Tucu terminaram bem? Gastón não sabe e gostaria de saber, para se prevenir, para saber que atitude deveria adotar. Responde que sim.

— Me paga uma cerveja — diz o Tucu.

Os dois seguem em silêncio pelas ruas que os separam do bar no qual os funcionários do restaurante costumavam se reunir depois de fechar, para tomar uns tragos antes de ir para casa. Procuram uma mesa longe do balcão; Gato se aconchega aos pés de Gastón; pedem duas cervejas.

O Tucu era o grande piadista na cozinha do restaurante, mas agora perdeu a graça. Cruza as mãos balofas e morenas sobre a mesa, com prepotência, como um padre diretor de um colégio.

— Com o Max nem adianta falar — diz. — Existe um jeito de salvar o restaurante, só que ele não quer encarar a briga. Mas você me entende, não é? Fiquei sabendo que quer comprar o ponto e virar sócio dele.

Chegam as cervejas. Gastón aproveita a pausa para se arrepender de ter aceitado o convite com tanta naturalidade; insulta-se em silêncio, voltando a usar as palavras de Max. Por alguma razão, quando se trata de xingar, ele sempre recorre ao vocabulário de Max, como que reconhecendo sua superioridade semântica ou fonética.

— Foi uma ideia — responde Gastón —, só uma ideia.

— Mas você tem dinheiro — insiste o Tucu.

Essa afirmação interrogativa, que pretende impor um rumo à conversa, Gastón sabe que tem todo o direito de não confirmar.

— Deixa eu te falar o que podemos fazer — diz o Tucu.

O uso do plural o desnorteia. O Tucu se refere a um grupo organizado? À tal associação que o advogado camponês disse representar? Ou esse plural o inclui de antemão, sem seu consentimento, como uma ameaça?

— É só apertar os extremo-orientais — explica o Tucu. — Organizar a pressão dos vizinhos, encurralar essa gente, infernizar a vida deles.

— São norte-orientais — corrige Gastón.

— Tanto faz! — replica o Tucu. — Temos o apoio de alguns vereadores do distrito. Agitamos as redes sociais, chamamos a televisão, a imprensa, até serem obrigados a vender.

— Eu não vou comprar — responde Gastón. — Não estou mais interessado.

O Tucu descruza as mãos sobre a mesa. Não tocou na cerveja; Gastón também não. Olha Gastón nos olhos com a intenção de intimidá-lo, com desprezo. Só então entendemos uma coisa: se o Tucu fazia piadas, não era para agradar às pessoas, mas para controlá-las; ele decidia como e do que falar, como e do que rir. O Tucu é dos que dizem, por exemplo, que o melhor jogador da Terra na verdade não é o melhor, que é um frouxo, um menino mimado que precisou de hormônios de crescimento e que agora está assustado. É dos que prefeririam estar no time rival, perseguindo-o, tentando tirar a bola dele, aos pontapés se necessário.

— Comigo são cinco os que foram para o olho da rua — diz o Tucu, depois de beber meio copo de cerveja em um só gole —, mais os dois ou três da alta temporada. Essa gente não contrata ninguém; só querem saber deles. Nós temos mulher e filhos. Quem nos dera ter a tua sorte, quem nos dera saber tanto de geografia.

Gastón evita o olhar acusador do Tucu, suas recriminações, aquele ressentimento ancestral que foi a mola de revoluções e saques. Levanta o braço direito e faz uma garatuja no ar para pedir a conta. Tenta se concentrar em outra coisa, mas ouve a forte bufada do Tucu, seus insultos telepáticos. Não voltará a olhar para ele. Vai pagar as cervejas e sair do bar sem dizer nada. Vai se lançar para o futuro, para as páginas seguintes, desejando com todas as forças que apareça o ponto-final que nos levará ao capítulo seguinte. Na mesa ao lado vê o jornal de esportes do dia, a manchete anunciando que há dúvidas de que o melhor jogador da Terra participe da próxima partida, que as náuseas e os vômitos não cessam.

16.

Gastón ainda não recebeu resposta da Associação de Curadores Tradicionais, e o e-mail que ele localiza na rede devolve suas mensagens com o aviso de que foi desativado há muito tempo. A associação não tem sede, horário de atendimento a sócios ou clientes, endereço físico, nenhum tipo de infraestrutura.

Por outro lado, ele recebe duas ou três ligações por dia da clínica veterinária. Uma de manhã, as demais à tarde. Nunca atende. Uma mensagem todos os dias, no início da noite: "Comunique-se com urgência para agendar o procedimento".

Gastón resolve esperar. Não perde as esperanças de encontrar uma adormecedora.

17.

Quando acorda, está com o celular lotado de mensagens, centenas, por causa da diferença de horário com o Cone Sul. De nada adianta avançar no tempo, se o passado espera por ele ao abrir os olhos. Foi incluído num grupo criado por algum dos primos; estão fazendo planos para homenagear o avô, o patriarca da família, no primeiro aniversário de sua morte. Gastón desliza o indicador pela tela do celular para recuar até as primeiras mensagens, ler os detalhes da festa, que será no mês que vem, no salão de um clube social da cidade onde ele nasceu e viveu até os vinte e seis anos. Alguns primos estão se organizando para viajar da capital, e há outros que, como Gastón, moram longe, embora estes estejam ao norte do Cone Sul, no Cone Norte, nos confins do Ocidente.

Depois de discutir a logística, as confirmações e negativas, a família aproveita o grupo para pôr a conversa em dia. Há fotos de sobrinhos que Gastón nem sabia que existiam, de primos que mal reconhece, porque não os vê desde a adolescência ou, no mínimo, desde que se mudou para a Península, notas de falecimento de tios distantes, de casamentos, divórcios, nascimentos, negócios, e um convite especial para os que vivem fora da cidade irem ao cabeleireiro de uma de suas primas, onde também poderão fazer as mãos e os pés.

Duas vezes perguntam por Gastón (não podemos saber quem é que pergunta, Gastón não tem os números registrados na agenda). Onde ele está? O que é feito de sua vida? Um deles diz acreditar que ele continua na Península, outros especulam que nunca mais voltou desde que deixou o país, há trinta anos, talvez mais, quando seu pai morreu. Outro diz que já sabem como Gastón era, meio esquisito, desde pequeno. Que preferiu vender às pressas os negócios do pai, que nunca lhe interessaram, e que por isso se aproveitaram dele, que lhe pagaram uma mixaria porque ele só queria pegar o dinheiro e ir embora. Outros dizem que, seja como for, os negócios não lhe fariam falta, tendo herdado tantas propriedades. Então aquele que deduzimos ter criado o grupo (que devia ter se ausentado por alguns minutos, imaginamos) avisa que Gastón está lendo a conversa, que conseguiu seu celular na imobiliária que administra as propriedades que seu pai lhe deixou, que um dos corretores é seu cunhado. Vários cumprimentam Gastón, pedem que lhes conte como está, o que é feito de sua vida, se formou família, se gerou um pequeno colonizador, dizem que aproveite a festa para visitar a cidade, que têm saudade dele.

Acaba de ler as mensagens, ainda na cama, espreguiçando-se, e em seguida entra na configuração do aplicativo; bloqueia alguns usuários, quatro, cinco, não são tantos, se considerarmos que há mais de vinte no grupo; sai dele sem escrever nada e o exclui do dispositivo.

18.

Mais uma mensagem no celular de Gastón. É o advogado camponês. Diz que estão organizando uma churrascada popular de cebolas alongadas para arrecadar fundos em apoio aos antigos comerciantes do bairro. Que pensaram que o lugar ideal para essa churrascada é sua horta, que poderiam até comprar suas cebolas alongadas, para que só se consumam cebolas alongadas da terra do bairro, mas que espera que ele contribua doando-as. Depois propõe duas datas, dois domingos, dentro de três ou quatro semanas, para que Gastón escolha a que achar mais conveniente.

Que mania dessa gente com a terra, exclama Gastón, em voz alta, para si mesmo, para que nós o escutemos. As cebolas alongadas nem sequer são exatamente daqui, foram trazidas do sul-poente próximo, e, além disso, a churrascada de cebolas alongadas é uma tradição invernal, não do início da primavera. De fato, Gastón este ano as cultivou tarde, a pedido de um de seus clientes, que as serve empanadas como parte do menu de um restaurante que funde a comida cone-sulina com a extremo-

-oriental, irmanadas pela técnica da fritura, que viajou do Extremo Oriente até as ex-colônias do Extremo Oeste há dois séculos.

Gastón permite que o aplicativo de mensagens instantâneas notifique o advogado camponês que leu a mensagem e não responde.

19.

A contadora está falando ao celular; faz um aceno com o qual pretende ao mesmo tempo cumprimentar e dispensar Gastón, desculpando-se por estar ocupada, e se abaixa para acariciar Gato no cocuruto. Quando ela vai retomando sua marcha não sabemos para onde, Gastón barra seu caminho, pega em seu braço e com gestos e sinais dá a entender que precisa falar com ela. Nós a ouvimos tentar combinar uma data com seu interlocutor, alguma coisa ligada a uma reunião no banco, articulando a língua nativa com aquela dicção exagerada que é a contrassenha dos que nunca saíram da cidade e se orgulham disso.

Os dois se encostam na parede para não obstruir por completo a calçada estreita, e Gato, antecipando a espera, se estatela nas lajotas de flor em relevo. Gastón desvia os olhos para que a interrupção não seja interpretada também como uma intromissão, e nós aproveitamos que a contadora não pode nos ver para observá-la com atenção dos pés à cabeça: os sapatos de salto alto, o tailleur marfim e a maquiagem discreta, não tão berrante a ponto de chamar a atenção, não tão modesta a ponto de passar despercebida, na medida para quem tem que encarar os clientes. A pele branca. Os olhos claros.

— Um café? — pergunta Gastón assim que ela, finalmente, desliga.

— Ele disse que estava indo embora — responde a contadora.

— Como? — replica Gastón.

— Disse que ia voltar para a terra dele — diz a contadora.

A inesperada reviravolta no diálogo desarma Gastón. Não entende se isso foi uma estratégia de Max para se livrar dela ou se ele está mesmo pensando em ir embora e não lhe contou nada.

— Por que você não dá uma passada no restaurante? — diz Gastón. — Ele sem dúvida ia se animar quando te visse.

— Estou farta — replica a contadora. — Que saco. Por que ele não fala às claras? Por que inventa essas mentiras?

Gastón tenta justificar Max dizendo que ele está muito confuso, que o que aconteceu com o restaurante foi um golpe muito duro, que o paralisou, que não é que ele tenha reagido mal, mas que nem sequer reagiu.

— Ele me empurrou a Ona — ela diz, seguindo a lógica imposta pelo fluxo de seu pensamento, e não a da conversa —, pediu para eu lhe dar uma chance, depois o Pol sumiu e, até onde sei, eles nem sequer estão juntos, e eu tenho que ficar lá com a Ona, a coitada é meio lerdinha, mas não vou mandar embora, tenho dó.

Gastón percebe que não adianta insistir; foi uma relação breve, de poucos meses, como todas as de Max, mas suficiente para a contadora reunir uma lista irrefutável de ofensas. Puxa Gato pela coleira, para que se levante.

— Não queria incomodar — diz Gastón.

— Escuta — diz a contadora.

Gastón faz uma pausa em seu princípio de despedida, e vemos a contadora hesitar, escolhendo cuidadosamente as palavras para o que vai dizer, seja lá o que for.

— Eu sei que você quer ajudar o Max — diz —, mas precisa tomar cuidado. Não é bom te associarem com certas pessoas, acharem que você está de um lado ou de outro. As coisas estão esquisitas.

— Certas pessoas? — repete Gastón, mas com a entonação de uma pergunta.

Se a contadora gosta mesmo que falem com ela às claras, pensa Gastón, que não lhe venha agora com essa fórmula retórica falsamente vaga, com esse eufemismo covarde.

— Você sabe muito bem do que estou falando — ela diz.

20.

Escuta no rádio o endocrinologista do time da cidade descartar que os vômitos possam ser um efeito colateral dos hormônios do crescimento, que essa hipótese não faz o menor sentido, porque as últimas doses foram aplicadas há treze anos. Gastón está apertando a terra em volta das cebolas alongadas para evitar que criem barriga. Um dia, não muito distante, ele vai ter que dar o braço a torcer e contratar um tarefeiro para ajudá-lo nessas lides. Ficar agachado amontoando terra em volta de cada um dos bulbos provoca, além do alongamento do caule das cebolas, contrações musculares em suas omoplatas. Ele está com um dos fones encaixado no ouvido esquerdo, deixando o outro livre para escutar Gato, que ficou deitado no colchãozinho que Gastón estendeu embaixo do beiral do abrigo de ferramentas. As vozes do rádio, dentro da cabeça, abafam a sua própria, a apagam, tentam anulá-la. Nós também as escutamos.

Especula-se que o melhor jogador da Terra sofre de náuseas antes das partidas, que a causa do mal-estar poderia ser algum problema digestivo ou psicológico, gastrite, estresse, crises de ansiedade. Um gastroenterologista consultado por telefone lista os alimentos que aumentam a acidez e favorecem o refluxo. Molho de tomate, chocolate, vinho tinto, refrigerantes, pimentão, frutas cítricas, farinhas industrializadas. A referência ao pão abre um longo debate, do qual o gastroenterologista já não participa, sobre a possibilidade de que o melhor jogador de futebol da Terra padeça de intolerância ao glúten. Até que um celíaco telefona do arquipélago situado uma hora a menos em direção ao poente para informar que o que ele sentia antes de diagnosticarem sua doença, antes de ele mudar a dieta, era a barriga inchada, retesada, como se fosse explodir espirrando as tripas nas paredes e no teto. O debate volta, então, à psicologia. Será que o melhor jogador da Terra sofre de crises de ansiedade? Os ouvintes votam através da rede. Em seguida leem uma notícia vinda da terra natal do melhor jogador da Terra: o ex-técnico do time territorial opinou sobre a saúde do craque num programa de televisão e fez previsões pessimistas sobre sua capacidade de conquistar o título mundial para seus conterrâneos. "Não adianta querer tomar por caudilho um homem que vai vinte vezes ao banheiro antes de entrar em campo", sentenciou. Gastón dedica ao técnico, em voz alta, a série de insultos maternos do léxico de Max, ao qual nós, à força de repetição, também já estamos nos habituando.

A polêmica desatada pelas declarações do técnico é interrompida pela ligação de outro ouvinte, que diz saber a verdade dos fatos. E faz o anúncio com tanta ênfase que cria uma grande expectativa. Declara que o melhor jogador da Terra é um extraterrestre, um reptiliano com problemas de digestão por causa da dieta terráquea. Os apresentadores do programa explodem em gargalhadas.

Gastón termina de apertar os bulbos dessa leira. Tira as luvas e se ergue. Abre o aplicativo do rádio para pausá-lo e ainda escuta o ouvinte conspiracionista dizer que existem três tipos de extraterrestres, que os reptilianos e os artrópodes vêm de planetas onde a evolução se deu de modo muito diferente do da Terra e que, em compensação, os *greys* são humanoides, como nossos primos distantes.

21.

Depois de apertar o botão do controle que baixa a persiana da rua, já dentro do restaurante, Gastón ouve a voz irritada de Max, gritando no salão.

— Não falei que era o Gastón? Sai daí, deixa de ser ridículo.

O pai de Max vai surgindo de trás do balcão à medida que se levanta. Quando foi a última vez que ele esteve aqui?, Gastón se pergunta; calcula que faz sete ou oito anos. O que é muito ou pouco, o tempo não passa igual para todos. No caso do pai de Max, foi o suficiente para ele virar um pergaminho. Um pergaminho inchado, para sermos mais exatos, com um balão no abdômen. É a vida ruim, pensa Gastón; ou melhor, talvez a boa vida: excesso de açúcar, sedentarismo, sol, todo tipo de hormônios da felicidade e soníferos.

O pai de Max contorna o balcão, enérgico, e aplica nos braços de Gastón um aperto tão veemente que chega a sobressaltar Gato. O cachorro se prepara para avançar em sua defesa.

— Tudo bem — diz Gastón —, é o avô do Pol, esqueceu dele?

O tom condescendente acalma Gato, que se dirige a seu recanto favorito, ao pé do balcão, e se deita entre dois bancos.

— Ninguém pode saber que estou aqui — diz o pai de Max.

— Você tem visto muitos filmes — responde Gastón.

— Não estou para brincadeira — replica o pai de Max.

— Eu sei — diz Gastón —, você é o homem mais procurado da sua cidade.

Max continua sentado junto a uma das mesas do salão, com a cabeça baixa voltada para o celular, fiel à sua abstração de balas coloridas. O contraste grotesco entre a resolução exagerada do pai de Max e a recente abulia de seu filho lembra a Gastón que essas visitas costumam terminar abruptamente. Ele mesmo já teve de intervir para ajudar o pai de Max a antecipar seu voo de volta. Mas agora é diferente. Desta vez não haverá conflitos de poder, aquela luta permanente para impor um estilo, para julgar as decisões do outro, para atribuir culpas e se sentir prejudicado. Desta vez o pai de Max não terá um adversário.

— Você não tinha um lugar pior para se esconder? — continua Gastón. — Não é nenhum segredo que o Max mora aqui, nem que você tem um passaporte destas terras.

— Não usei esse passaporte — responde o pai de Max.

— E você tem outro?

— O da minha quarta mulher, o quente. Que me custou bem caro.

O pai de Max introduz a mão direita no bolso da calça e extrai o documento de capa azul das outras ex-colônias, as prósperas, que os ilhéus do Norte arrebataram dos peninsulares há séculos. Será que o pai de Max voltou a procriar mais um rebento no intervalo desde sua visita anterior?

— Que é que deu nesse aí? — pergunta o pai de Max, apontando com as sobrancelhas para a mesa onde seu filho está.

Gastón faz uma pausa para pensar muito bem no que vai responder; ele quer ajudar o amigo, mas a lealdade vem em primeiro lugar. Avalia uma explicação ou outra. Quem sabe a visita do pai consiga acordar Max à força. Afinal, foi ele que lhe deu o dinheiro para abrir o restaurante e o manteve à tona até sair do vermelho. Pode-se dizer que com isso ele saldou uma dívida, com Max e com a mãe de Max, mas Gastón sabe que o pai de Max vai concluir que o filho dilapidou seu patrimônio.

— Vamos ver o jogo? — propõe Gastón. — Já vai começar.

Vai até o salão à procura dos controles que ligam o sistema audiovisual. Ao se aproximar de Max, este faz um sinal para que Gastón se sente a seu lado; pelo jeito, pelo cheiro, Max despejou um vidro inteiro de perfume no corpo, em deferência ao pai, ou, mais provavelmente, para evitar que o obrigue a tomar banho, que o trate como uma criança. A mistura, no entanto, fracassa, e o resultado é um odor desagradável e, como se não bastasse, desconcertante. Por onde Max esteve? O que ele andou fazendo? É o que qualquer pessoa se perguntaria, e ele se veria obrigado a dar explicações mais sofisticadas do que as desculpas habituais da simples falta de higiene.

Trata-se, portanto, de um cheiro que desvia a atenção, assim como desviou a nossa, tanto que por pouco não reparamos que Max mostra sutilmente seu celular a Gastón, pedindo com gestos que não diga nada. Ele não quer que seu pai, o pai de Max, perceba o movimento. Por um instante imaginamos que vai lhe mostrar com orgulho seu recorde mundial no game das balas coloridas.

São mensagens do chefe de Pol, perguntando a Max se seu filho voltou para casa. Faz alguns dias que ele não aparece no laboratório, que não dorme em seu quarto no alojamento, que ninguém o vê nem sabe dele. Explica que talvez não haja motivo para preocupação, que é normal alguns pesquisadores não suportarem as condições desumanas da Tundra, que é bem comum fugirem. Que a maioria volta, e a universidade reforça o apoio psicológico.

São várias mensagens, de dois, três dias atrás. Ao deslizar a tela do celular com o dedo para avançar no tempo, as perguntas aumentam de intensidade, de urgência, o chefe de Pol, desesperado, diz que ele é responsável por prestar contas aos investidores.

Max não responde.

22.

Quando o presidente da Associação de Curadores Tradicionais finalmente liga de volta, logo fica evidente que está mais interessado em promover seus próprios serviços, ou, como podemos imaginar, os serviços dos sócios que lhe pagam uma comissão, do que em entender o pedido de Gastón. Anuncia que é xamã de cachorros, diplomado. Que a meditação tem eficácia comprovada no tratamento de doenças terminais de todo tipo de mascotes, incluindo canários e coelhos. Gastón insiste na adormecedora, mas o que ouve como resposta é uma oferta de duas sessões de terapia eletromagnética pelo preço de uma.

— Vejo que foi um engano — diz Gastón, contrariado. — Mesmo assim, muito obrigado.

— Espere — o presidente da associação se apressa a responder.

O silêncio do outro lado da linha nos faz abrigar a esperança de que o presidente da associação esteja consultando uma listagem de membros, se é que semelhante coisa existe, mas na realidade é mais provável que esteja consultando a própria memória.

— Preciso verificar nos nossos cadastros — diz, e com isso confirmamos que, como temíamos, aquela listagem não existe. — Volto a ligar dentro de dois ou três dias.

— É urgente — replica Gastón —, o cachorro precisa de cuidados paliativos.

— Nada é urgente — responde o presidente da associação —, toda dor é um reflexo do passado que pode ser desfeito no presente. Se me deixar hipnotizar o cachorro, posso demonstrar essa verdade.

— Aguardo seu telefonema — diz Gastón, e desliga.

23.

Os dois homens abordam Gastón na saída do supermercado, antes de ele encarar a ladeira até sua casa. Apresentam-se dizendo que são seus conterrâneos, como avisando que estão a par da origem de Gastón, embora a rigor não sejam conterrâneos nem entre si, porque um diz ser da Cordilheira e o outro da Costa do Pacífico. A entonação, o vocabulário, o penteado, o gestual, tudo indica uma mudança recente, não mais do que cinco anos.

— Somos da associação de comerciantes — diz o costa-pacifiquense. — Eu tenho a mercearia da ladeira.

— Eu cuido dessa lan house — diz o cordilheirano, e só então Gastón percebe que foi abordado justo ao lado de uma lan house.

Perguntam se ele tem uma geladeira grande na horta, para gelar as cervejas da churrascada. Gastón diz que não sabe do que estão falando. O costa-pacifiquense o lembra da visita do advogado camponês, da churrascada de cebolas alongadas para arrecadar fundos. Gastón repete que não está entendendo.

— Está vendo aquilo lá? — pergunta o cordilheirano, estendendo o braço para um local em reforma na outra rua. — Lembra o que era antes? Uma granja. Era lá que os velhinhos compravam seu leitinho, seus queijinhos, seus ovinhos, sua manteiguinha. Adivinha quem é o novo dono. Adivinha o que vão abrir no lugar.

Gastón diz que conhece o dono da granja, que resolveu se aposentar e encontrou um comprador que pagou o que ele pedia pelo ponto, ou talvez um pouco menos, mas isso era natural em qualquer negociação.

— Os caras aposentaram o velho, compadre — diz o costa-pacifiquense. — Os filhos iam continuar com o negócio, como seria natural.

Gastón recorda que os filhos são engenheiros e trabalham em empresas transterritoriais, mas antes de retrucar também se lembra de que é inútil conversar com gente que usa a condição de conterrâneo como forma de aproximação ou argumento, e não diz nada. O cordilheirano se aproxima até encostar nele, invadindo-o.

— Não dá para lutar em dois lados — diz.

— Eu não luto em nenhum — Gastón responde.

— Não dá para não lutar em nenhum — insiste o cordilheirano.

Gastón diz que não sabia que estavam em guerra. O costa-pacifiquense perde a paciência. É evidente que a intimidação civilizada não lhe basta, como uma roupa que lhe fica curta.

— Em que planeta você vive, compadre? — o sujeito lhe pergunta.

Em que planeta você vive?, Gastón diz a si mesmo, e há tanta violência, tanta vontade de exclusão nessa pergunta, que parece uma ameaça de despejo: aqui não tem lugar para você; vai para outro planeta. Gastón puxa Gato pela coleira, contorna o cordilheirano e se afasta.

24.

Estende o braço e apalpa a mesa de cabeceira para pegar o celular. Faltam dois minutos para o alarme tocar e, além disso, ele reconhece o alerta das mensagens recebidas enquanto dormia. Desbloqueia a tela rapidamente pensando em Pol e Max, quem sabe Pol enfim apareceu. Vemos a luz iluminar o rosto sonolento de Gastón, que pisca para proteger sua retina da agressão artificial. Gato geme um bocejo e estica as patas deitado em seu colchãozinho.

— Bom dia, companheiro — diz Gastón, enquanto manipula o celular para abrir o aplicativo de mensagens instantâneas.

Mas não são notícias de Pol. De novo a diferença de horário, as mensagens do passado, do Cone Sul. É um sobrinho com quem Gastón nunca se relacionou, fato que confirmamos não apenas porque seu número não consta na agenda de contatos, ou porque ouvimos quando Gastón se pergunta quem será, mas porque o próprio sobrinho dedica as primeiras mensagens a se apresentar, a explicar sua filiação; é o filho mais velho de um dos primos de Gastón, o filho do filho da irmã mais velha do pai de

Gastón. Conta que seu pai, o primo de Gastón, não sabe que vai lhe escrever, que está lhe escrevendo, corrige, que já lhe escreveu, corrigimos, mas que ele e seus irmãos resolveram procurá-lo depois de falar com um advogado e, embora seu pai não esteja de acordo (o pai do sobrinho, primo de Gastón), o advogado explicou que eles têm direito a uma parte da herança do bisavô (do avô de Gastón, pai do pai de Gastón), que não fez uma divisão equitativa ao deixar tantas propriedades para o pai de Gastón, e que é injusto que ele, Gastón, seja o único que usufruiu e continue a usufruir desse patrimônio. Que, por mais que o bisavô tenha deixado muito dinheiro para sua avó (a irmã do pai de Gastón), a quantia, com o passar do tempo, é totalmente desproporcional, porque esse capital foi se desvalorizando a cada crise econômica, e como a avó não entendia de finanças, além de ser mal aconselhada, o que ela deixou para os filhos, entre eles seu pai (o primo de Gastón), não se compara com a herança que Gastón recebeu.

Gastón observa, sem ler, as mensagens seguintes, que são muitas, longas, verborrágicas, redigidas com uma ortografia heterodoxa e uma sintaxe truncada; vai deslizando o dedo para que o aplicativo notifique o remetente que todas foram lidas, entra na configuração, bloqueia o sobrinho e elimina a conversa, que, para sermos mais exatos, foi um monólogo.

25.

— Não deixe de dizer a ela que fui eu que a recomendei — pede o presidente da Associação de Curadores Tradicionais, depois de ditar o telefone da adormecedora.

Gastón desliga e, enquanto digita o número, diverte-se pensando que, no fim, é capaz de as pirâmides serem mesmo poderosas, mas como estratégia de recomendação e marketing de produtos sobrenaturais. A adormecedora também não atende o telefone, mas poucos minutos depois manda uma mensagem através do aplicativo de mensagens instantâneas perguntando do que ele precisa. Talvez para evitar um dos prováveis rumos da conversa, para garantir que não descambe para o mágico ou o maravilhoso (para que a adormecedora entenda que ele não acredita em misticismos, para não estragar esta história), Gastón faz questão de redigir as mensagens armando-se da maior objetividade possível.

Explica que tem um cachorro doente, em fase terminal, com dores, e que quer dar a ele cuidados paliativos, para depois pôr o animal para dormir, mas que deve ser em sua casa, na verdade, numa horta que ele tem, que não quer levar o cachorro para outro lugar, que ela teria que se deslocar até onde eles estão. A adormecedora responde com a mesma frieza: informa o preço do serviço, pede o endereço e diz que estará lá no dia seguinte, à tarde.

Concluída a troca de mensagens, Gastón observa a fotografia que a adormecedora escolheu para se apresentar no perfil do aplicativo, olha seus olhos, esses olhos puxados que indicariam sua origem como um dedo sobre um mapa, que nos fazem deixar de contemplar a adormecedora para pensar no grupo, nos extremo-orientais, em sua comida, seus bazares, suas línguas, sua espiritualidade, seus silêncios, tudo isso que constitui nossa incompreensão.

26.

Gastón escuta o assovio e Gato ergue as orelhas como se erguesse o corpo, como se saísse correndo até a entrada da horta, mas a dor lhe impede ambas as coisas, então se contenta em sorrir. Um sorriso de cachorro deitado, doente, um sorriso não com o focinho mas com o rabo, que ele agita com felicidade sobre o chão, fazendo o barulho de uma vassoura ao varrer a superfície do abrigo de ferramentas.

— Eu te disse que ele estava bem — Gastón diz a Gato, aliviado, em voz alta, embora na verdade o diga a si mesmo, e assim anuncia para nós quem acaba de chegar.

Abandona as luvas que tinha ido pegar no abrigo e sobe a trilha que o leva até a entrada. Pol espera por ele do outro lado do portão, as mãos nos bolsos de uma jaqueta grossa demais para a temperatura quase pós-invernal.

— Você deu para trancar o portão? — pergunta Pol, acostumado a que a cancela da horta esteja sempre aberta.

— É para os turistas não entrarem — mente Gastón, enquanto puxa a trava e tira o cadeado.

— Aconteceu alguma coisa? — diz Pol.

— Cansei de ter gente aqui perguntando se a horta também é um monumento histórico — responde Gastón.

Os dois se lançam nos braços um do outro. Gastón percebe, ao apertar o corpo de Pol com a veemência do carinho autêntico, que ele está tremendo. Também confirma que emagreceu.

— Cadê o Gato? — pergunta Pol.

— Lá embaixo.

— E não vai subir?

— Estava perseguindo uns ratos — Gastón volta a mentir —, você sabe como ele fica doido.

São mentiras que terão uma vida útil muito curta, de poucos minutos, e Gastón sabe disso. Precisa contar a Pol tudo o que aconteceu, mas quer preservar esse instante de inocência, receber seu abraço espontâneo, antes das más notícias. Descem a pequena ladeira comentando o clima. Pol diz que está com muito frio, que ainda está descompensado pela mudança abrupta de temperatura.

— Quando você chegou? — pergunta Gastón.

Percebe que Pol avalia se vai dizer a verdade ou continuar, ele também, com as mentiras piedosas.

— Faz três dias — diz, titubeando.

— E onde você andava metido? — pergunta Gastón.

— Na casa da minha namorada — responde —, da minha ex — corrige.

— Estava com a Mariona?

Pol faz que sim. Antes que Gastón peça explicações, já se adianta.

— Não estava preparado para ver vocês — diz —, você e meu pai; precisava de tempo.

À medida que vão se aproximando do abrigo de ferramentas, divisam o vulto do corpo de Gato, que jaz na cama improvisada.

75

— Você já viu seu pai? — pergunta Gastón. — Estávamos preocupados.

— O que aconteceu com o Gato? — devolve Pol.

— Você sabe que o teu avô está aqui? — replica Gastón.

— O que está acontecendo? — pergunta Pol.

— Com o quê? — responde Gastón. — Nada.

— Como assim, nada? — diz Pol. — O que significa aquela mensagem no muro?

27.

Duas pichações no muro que contorna a horta. Uma visível para os turistas do parque Histórico e outra tão grande que pode ser vista da avenida. Escritas com maiúsculas, em vermelho, e com a mesma caligrafia de outras mensagens que foram aparecendo no bairro, como "Fora Forasteiros" ou "Stop Forasteiros".

TRAIDOR

28.

Hesita de novo na hora de entrar no bazar, mas acaba entrando; tem que puxar Gato pela coleira, com força, quase arrastando-o, porque o cachorro parece guardar a memória da dor que sentiu nessa calçada. Os escrúpulos de Gastón se revelam inúteis, porque atrás do balcão, no caixa, não está Yu, e sim sua esposa. Dá bom-dia e lhe explica que está precisando de tinta em aerossol.

É cedo, a loja está vazia, e por isso a mulher o acompanha. Perto do meio-dia começarão a chegar os aposentados em busca de algum utensílio de cozinha ou de produtos de limpeza; à tarde, as crianças tentando conseguir que os avós lhe comprem uma fantasia, pilhas, cadernos, uma bola. A monotonia do bairro é arrematada pelos turistas do parque Histórico, que vêm em busca de algo que esqueceram em casa, ou que não previram que necessitariam: uma toalha, um chapéu para se proteger do sol.

Em meio ao sortido de cores, Gastón descobre uma fileira de tubos de tinta invisível. A espertez dos extremo-orientais o faz sorrir, são excelentes comerciantes, sem a menor dúvida. Pega um dos sprays, por curiosidade, para ler a etiqueta.

— É a que mais vende — diz a mulher —, vinte ou trinta por semana.

Gastón não sabe se isso é muito ou pouco; calcula que é muito se for um artigo de brincadeira, e pouco se funcionar mesmo. O peso do tubo em sua mão confirma que contém algum tipo de líquido.

— Só aparece com luz ultravioleta — explica a mulher.

— Verdade? — pergunta Gastón.

— Oh, sim — responde a mulher —; venha ver.

Antes de segui-la, Gastón pega dois tubos de tinta preta, com os quais pretende ocultar os insultos no muro da horta; a mulher apanha uma lâmpada a caminho da calçada.

— Olhe — diz a Gastón.

Aponta para o muro lateral da loja, ao lado da grande vitrine, onde não vemos nada. Acende a lâmpada e ao aproximar a luz violeta da parede vemos surgir um M, um O, um G, um W, um A e um I. Gastón olha para a mulher esperando que ela explique o significado da palavra.

— É uma palavra nossa — diz ela —, uma palavra feia. Tem gente ruim por aqui, gente que não gosta de nós.

Os extremo-orientais vendem a tinta invisível com a qual depois são insultados, e além disso, em segredo? Gastón não entende nada, ou talvez esteja entendendo pela metade, e mal, assim como nós. Tem vontade de pedir à mulher que lhe explique melhor, mas teme cometer outro deslize (sugerir, sem acreditar nisso, que o instinto de negócios dos extremo-orientais, sua ambição, é mais forte do que seu instinto de autoproteção). É salvo da indiscrição por Yu, que aparece nesse instante com os dois filhos, depois de virar a esquina. Vê Gastón, a lâmpada nas mãos da esposa, e diz algo numa das numerosas línguas faladas no

Extremo Oriente; que entrem na loja, interpretamos, porque é o que a mulher faz, seguida pelas duas crianças.

— É a mercadoria mais roubada na loja — diz Yu. — Cinco ou dez tubos por semana.

Agora entendemos menos ainda, mas o extremo-oriental vai dizer mais alguma coisa, portanto é melhor nos calarmos e prestar atenção, que talvez nos esclareça.

— É um sinal — diz Yu —, estão nos marcando.

Tira um cigarro, acende-o e começa a fumar, observando a parede onde, sem a lâmpada, não podemos ver a mensagem. Por imitação, os transeuntes que passam pela calçada também olham para o muro, intrigados, tentando descobrir o que há nele de tão interessante para que Gastón e o extremo-oriental o observem com tanta atenção.

— Estão tramando algo — diz o extremo-oriental.

Fuma concentrado, como se fosse um detetive analisando a cena de um crime; as provas para encontrar os culpados estariam ali, na parede e na calçada (impressões digitais, pegadas, restos de ácido desoxirribonucleico), embora a verdadeira explicação devesse ser buscada para além da rua e do bairro (precariedade, crise econômica, distorção da territorialidade, hormônios do medo).

— Por que você não retira a mercadoria? — Gastón se atreve a perguntar.

Pareceria estar dizendo que, morto o cachorro, acabou-se a raiva; mas nem o cachorro são os tubos de tinta invisível, nem a raiva as pichações (o cachorro são os hormônios do medo, a raiva é o ódio). Não sabemos se Yu conhece esse ditado ou se existe algum equivalente no adagiário extremo-oriental; o que sabemos, sim, é que Gastón é a pessoa menos indicada para falar de cachorros mortos.

O extremo-oriental diz que o spray de tinta invisível é um excelente negócio, que é comprado por grafiteiros para assinar suas obras nos muros.

— Além disso — acrescenta —, acabo de instalar uma câmera no corredor; vou flagrar todos eles. É o único jeito de saber o que estão tramando.

Não sabemos ao certo o que mais comove Gastón: o sofrimento de Yu para pronunciar o "r" ao ter escolhido o verbo "flagrar", ou o entusiasmo com que ele explica seus planos de ilusório detetive de romance policial.

29.

Mogwai quer dizer "espírito maligno" numa das numerosas línguas faladas no Extremo Oriente; mas é, acima de tudo, e Gastón se lembra disso agora, ao ler os resultados da busca no navegador do celular, o nome de certas criaturas fantásticas extremo-orientais num filme novecentista. Não é uma coincidência casual; se fizermos as contas, descobriremos que esse filme foi um sucesso comercial na época em que os protagonistas desta história eram jovens.

No filme, um inventor fracassado, pai de família, procura um presente para o filho e compra uma criatura adorável, uma espécie de bichinho de pelúcia vivo, num bazar extremo-oriental. A criatura exige uma série de cuidados rigorosos e a observação de algumas regras que jamais devem ser quebradas (não alimentá-lo depois da meia-noite, não permitir que entre em contato com a água). O filho se descuida, e a criatura adorável se multiplica, mas em sua versão maligna: um pequeno monstro assassino que destrói a cidade.

Gastón se lembra das constantes referências que há no filme

à má qualidade dos produtos extremo-orientais, especialmente os dispositivos eletrônicos. Em meio à profusão de explosões e assassinatos sangrentos, era difícil perceber que se tratava de propaganda protecionista das outras ex-colônias do Extremo Oeste, as prósperas, aquelas que, séculos atrás, os ilhéus do Norte arrebataram dos peninsulares.

30.

De pé na entrada da horta, a adormecedora informa a Gastón que a cerimônia levará ao todo uma semana. Que no sétimo dia o tratamento deverá ser celebrado no mesmo espaço em que se sepultará o cachorro. A escolha do verbo "celebrar" é tão infeliz quanto a expressão "efetuar o procedimento", mas deve ser um erro de tradução; suponhamos que a adormecedora não tem um domínio da língua colonizadora que lhe permita notar a ironia lúgubre que o verbo encerra. Ela se apresentou assim ao chegar, dizendo apenas que é a adormecedora, sem dar nome ou sobrenome, e Gastón não lhe perguntou, sugestionado, receoso de que um equívoco estragasse a representação.

— Onde vamos fazer? — pergunta a adormecedora.

Passeia os olhos pela horta e os fixa na silhueta maciça da alfarrobeira.

— Vamos fazer ali — diz, erguendo a mão direita para apontar a árvore com o indicador. — A horta é de sua propriedade?

Gastón faz que sim, sem entusiasmo, embora saiba que é o lugar perfeito. Está distraído observando a aranha vascular que a adormecedora tem na face direita. As linhas vermelhas, finíssimas, trêmulas como pernas de aracnídeo de desvão sobre a pele lisa. Quantos anos será que ela tem? Por volta de quarenta, especula Gastón, enquanto seus olhos continuam percorrendo essas linhas. A adormecedora nota o olhar, mas não se incomoda nem o reprova; deve estar acostumada. Há algo de hipnótico nessa aranha, que exerce uma atração mórbida, como que reforçando a aura sobrenatural da adormecedora, embora sua indumentária a desminta (camiseta lisa, calças de explorador, com bolsos por todo lado, e botas masculinas, de operário ou trabalhador da construção).

Descem lentamente a ladeira até a árvore, respeitando o ritmo vagaroso do cachorro. Instalam-se à sombra da alfarrobeira. A adormecedora indica a Gastón que precisa que Gato permaneça deitado, que espera que não seja necessário segurá-lo, mas que ele deve permanecer deitado, mesmo que seja à força, acrescenta, caindo em contradição. O cachorro se deita por conta própria, é a posição na qual ele tem passado a maior parte do tempo, para evitar a dor, e Gastón se agacha para oferecer sua companhia. A adormecedora diz algo numa língua extremo-oriental, talvez a mesma de Yu, talvez outra, algo que soa a "muito bem", ou "bom garoto", ou qualquer coisa que se diria a um cachorro para premiá-lo pelo comportamento.

— O que você vai dar a ele? — pergunta Gastón.

A adormecedora diz que um analgésico natural, que não se preocupe, que não faz mal, que, se não funcionar, não terá efeitos colaterais. Gastón observa a adormecedora abrir a maleta que tanto receio lhe causou quando lhe deu as boas-vindas. As maletas costumam guardar segredos terríveis, instrumentos de tortura, agulhas e esparadrapos, neste caso. Enquanto a adormecedora manipula os utensílios, Gastón repete para si mesmo que tudo vai ficar bem, que tudo vai ficar bem, mas não diz nada, apenas olha nos olhos de Gato, como se desse modo a própria voz fosse sair de sua cabeça e passar para a do cachorro.

De repente, a adormecedora grita um insulto, que interrompe pela metade ao perceber que desfez o misticismo do momento. Picou-se com uma das agulhas. Gritou-o na língua nativa. Gastón tem a impressão de que o pronunciou com sotaque da periferia.

31.

Diz que só vai contar uma vez o que aconteceu. Que não quer repetir, que todos têm de estar juntos. Antes de se sentar, Gastón leva os pratos para a cozinha e arrasta uma das mesas para juntá-la àquela em que Max, seu pai e Pol acabaram de jantar, para que os quatro fiquem mais confortáveis. Pelo visto, Max sobrevive à base de descongelar as porções que Gastón teve o cuidado de preservar. Hoje, para comemorar a reunião da família, escolheram peru ao molho de pimentão, chocolate, amêndoa e gergelim.

Pol pede que Max desligue o celular, diz que não contará nada se ele não deixar o game de lado. E mais, exige que todos desliguem os seus, pois não confia nesses aparelhos programados para espionar. Gastón ri um pouco da ingenuidade de Pol, de sua juventude, mas este só continuará quando todos lhe obedecerem.

O avô de Pol é o mais impaciente, remexe-se inquieto na cadeira para mostrar que acha todo esse mistério infantil, como se o obrigassem a brincar de esconde-esconde, ele, um foragido da justiça. Max pelo menos parece curioso, interessado. Será que o que Pol vai lhes contar o trará de volta à Terra? Se Pol se meteu em problemas, isso pode acabar despertando os instintos adormecidos de Max. Um obstáculo a superar pode dar um novo sentido a sua existência, obrigá-lo a agir, a escapar do nada. O nada de Max: a persiana do restaurante fechada, as televisões ligadas, o micro-ondas descongelando comida, as balas coloridas.

Pol limpa a garganta.

— Não estamos sozinhos — diz.

O avô de Pol se assusta, olha para a antessala, inspecionando a entrada do restaurante.

— Como? — pergunta.

— Existe vida em outros planetas — diz Pol.

Fecha a boca, dando tempo para que os outros processem a notícia. Gastón e Max trocam olhares, restabelecendo a cumplicidade por um instante e calculando se Pol estaria falando de uma descoberta científica ou sofrendo um surto de paranoia. O avô de Pol é mais direto.

— Eu te avisei que você ia congelar o cérebro — diz.

— Todo o trabalho que fazemos na Tundra é uma cortina de fumaça — explica Pol. — Foi por isso que eu fugi. Descobri tudo por acaso. Eu não deveria saber disso.

32.

O ritmo da respiração de Gato vai se cadenciando aos poucos; Gastón nota como ele se entrega ao sono, as mãos que descansam na cabeça e no dorso do animal sentem o abandono do corpo. Se um cachorro fosse capaz de atingir a paz de espírito, pensa Gastón, se um cachorro precisasse acreditar que existe uma coisa chamada paz de espírito, pensamos com Gastón, seria algo parecido com isso. Gato sorri um sorriso feito de músculos distendidos e orelhas relaxadas. As quatro patas flexionadas simetricamente: o cachorro está aconchegado. É um momento de quietude tão absoluta que ouvimos as cebolas alongadas da leira vizinha cavoucando a terra, fazendo-a ranger ao perfurá-la em seu alongamento.

A adormecedora pergunta a Gastón se ele quer que lhe conte os sonhos de Gato ou se prefere permanecer em silêncio. Gastón teme quebrar essa calma perfeita; também o inquieta o risco de que o charlatanismo irrompa justo agora que ele se convenceu do acerto de ter procurado a adormecedora, de preferi-la à clínica veterinária. Seu primeiro impulso, portanto, é responder que não, que prefere essa quietude, essa realidade amansada. Mas a adormecedora parece se animar, como se contar os sonhos de Gato fizesse parte da cerimônia que ela está celebrando e na qual não conseguimos acreditar por completo. Gastón volta a olhar para a aranha vascular na face direita da adormecedora. Mais do que uma aranha, agora parece uma teia de aranha. Seu olhar fica preso ali. A adormecedora começa a contar um sonho, e Gastón a escuta.

Quando termina, os dois estão rindo às gargalhadas; a adormecedora mal conseguiu terminar sua história, engasgada com sua própria risada.

— De onde você tira tanta besteira? — pergunta Gastón.

— Sei lá — responde a adormecedora —, improviso. Te incomoda?

Gastón faz que não com a cabeça, ainda rindo.

— O que você injetou nele? — pergunta, apontando para Gato com um movimento da cabeça.

— Um pouquinho de morfina — responde a adormecedora.

— Obrigado — diz Gastón.

A adormecedora suspira para acabar de se recuperar do ataque de riso. Ergue os olhos para os galhos mais altos da alfarrobeira; depois desce e delineia o contorno de sua sombra protetora.

— É gostoso aqui — ela diz.

Gastón concorda.

— Como você se chama? — pergunta.

A adormecedora pronuncia seu nome, um nome tradicional dos nativos desta porção da Península.

— Sério? — responde Gastón.

— Que é que tem? — diz a adormecedora.

— Nada — responde Gastón. — Quer uma cerveja?

— E umas azeitonas — responde a adormecedora.

— Tenho um saco de batatas fritas — diz Gastón.

— Serve — diz a adormecedora.

Gastón se levanta e vai até o abrigo de ferramentas, onde tem um frigobar. Ao voltar, estende uma lata de cerveja para a adormecedora.

— Escuta — ela diz, com cautela, como que tateando o terreno.

Os dois se olham nos olhos enquanto dão o primeiro gole depois de brindar.

— Se você quiser, posso fazer hoje mesmo — diz a adormecedora.

Gastón sente vergonha, pois não entende o que a adormecedora está propondo, enquanto ela desvia o olhar para Gato e o aponta com as sobrancelhas. Agora que ela se abriu, está oferecendo abandonar toda a representação, esquecer a cerimônia, acabar logo com o sofrimento do cachorro.

— Além disso, vai ficar mais barato para você — ela acrescenta, para reduzir o dramatismo da situação.

A adormecedora, e nós com ela, vê como Gastón se recosta no tronco da árvore, apertando a lata com força.

— Ainda não estou pronto — diz.

33.

O avô de Pol se levanta, exasperado, atravessa o restaurante e se debruça no balcão, onde seu celular está conectado ao carregador. Desde que chegou, seus dias são feitos de conversas cifradas com ex-colaboradores e trocas de mensagens com supostos aliados que poderiam ajudá-lo a resolver o mal-entendido. É assim que o pai de Max chama o sumiço de quarenta por cento da verba de obras públicas da prefeitura de sua cidade: o mal-entendido.

No salão em sombras, permanecem Gastón, Pol e Max. Embora tudo o que Pol diz pareça fantasioso, não acham que ele esteja mentindo; trata-se de algo muito mais sofisticado que uma mentira. Até agora, é isto que imaginamos, com Gastón: que Pol sabe muito, que sua cabeça está cheia de informações; que as condições desumanas da Tundra destruíram seu equilíbrio, produzindo uma overdose de hormônios do estresse, e essa alienação se manifesta como uma crise de paranoia. Está fantasiando que a confidencialidade das pesquisas das quais participa, que se deve a motivos banais (investimentos, patentes, rendimentos financeiros), tem outros fins, secretos, como se alguém estivesse escrevendo uma trama com intenções ocultas; a origem da conspiração.

Gastón tenta tranquilizá-lo interrogando-o de maneira infantil, pedagógica; sabe que não pode impor uma volta à normalidade, que é Pol quem deve, por conta própria, perceber seu estado alterado. Precisa acreditar que a crise de Pol é uma coisa passageira. E contempla com esperança a possibilidade de que esse episódio acabe ajudando Max, restaurando o laço paterno.

— Conta mais — Gastón diz a Pol —, desde o início. Sem pressa, temos todo o tempo do mundo.

Isso é verdade, como o estado do restaurante confirma: as mesas que eles não usaram nos últimos dias estão cobertas por uma fina camada de poeira; dois barris de cerveja bloqueiam metade do corredor que liga a antessala ao salão principal; a lousa continua anunciando os pratos especiais do último dia em que Max abriu; o restaurante, abandonado, emana aquele odor de ranço e sujeira que já é também o cheiro característico de Max; o tempo parece ter parado, como se essa fosse a estratégia de Max para resolver seus problemas, acreditar que assim nunca vai chegar o fim do mês, contradizer as leis da física, como se a passagem do tempo e a expansão do espaço não fossem a condição de toda existência, como se os norte-orientais não estivessem esperando.

O tempo deixou de importar, o tempo sobra, não têm nada a fazer, vão escutar tudo o que Pol tiver para contar.

— Bom — diz Pol, avaliando por onde começar.

Está tremendo um pouco de frio, embora a temperatura seja agradável, moderada pela clausura e pela suave combustão que emana dos quatro corpos humanos mais o corpo canino.

— Há uma teoria, uma hipótese — Pol se corrige —, chamada panspermia. Sementes por toda parte. É isso que quer dizer panspermia. Que há sementes de vida por todo o Universo. Não só no nosso planeta. Até não faz muito tempo, acreditava-se que as condições da Terra eram únicas ou, no mínimo, especiais.

Pol faz uma pausa breve, para marcar um ponto, um fim de parágrafo, o fecho da introdução. Vira o resto da cerveja que estava bebendo com a comida. Em seguida, continua.

Diz que nos últimos anos as sondas, os telescópios e os veículos espaciais comprovaram que isso não é assim, que na realidade é o contrário; que há no Universo uma infinidade de lugares com condições similares às da Terra: ter uma superfície sólida e algum tipo de atmosfera; estar a uma distância orbital habitável de uma estrela, como nós do Sol; ter abundância de elementos químicos em estado líquido que poderiam propiciar, em algum momento, a origem do metabolismo biológico.

— Uma hipótese da origem da vida na Terra — continua Pol — é justamente esta: que suas sementes teriam chegado do espaço exterior.

Litopanspermia, diz Pol. Que essas sementes de vida tenham chegado num meteorito. Microlitopanspermia: que alguma vida microbiana tenha viajado em grãos de poeira através do espaço. Radiopanspermia: esporos de vida que percorreriam o Universo arrastados pela pressão da luz estelar. Necropanspermia: vírus inativos, fragmentos de bactérias inertes, que ao chegar à Terra teriam renascido.

— Ou o que estão ocultando de nós — diz Pol.

Faz uma pausa dramática porque, além de ser cientista, viu muitos filmes, como todos nós. Sabe que este é o momento em que a tensão de sua narrativa atinge o limite, o clímax que precede a revelação. Levanta-se, caminha até o balcão e volta bebendo uma nova cerveja do gargalo.

— Panspermia dirigida — diz, de pé, sem intenção de voltar a se sentar. — Uma colonização realizada por uma civilização extraterrestre que teria enviado material genético à Terra.

Gastón e Max o olham fixo, fascinados. A paranoia sempre tem uma lógica avassaladora, sem fissuras, que nega o acaso ou as coincidências e pretende revelar uma ordem oculta, a identidade do autor da trama, suas intenções secretas; tudo falso, um erro de superinterpretação. Mas também há paranoicos que têm razão, quem já não conheceu algum?

— Todos viemos de lá — diz Pol, apontando com a garrafa para o teto do restaurante.

Dá um longo gole de cerveja.

— Somos um experimento — diz.

Outro gole, como para tomar coragem.

— Somos todos extraterrestres.

34.

A história da panspermia é real, confirma Gastón na internet, navegando no celular, já deitado na cama. Quer dizer, o conceito existe, e todas as variantes que Pol explicou. São teorias que circulam tanto entre astrobiólogos, com ceticismo, como entre fanáticos dos extraterrestres, que as defendem com fervor. Alguns dizem que a Terra é um zoológico protegido por uma civilização extraterrestre superior.

Gastón lê também que existe uma sociedade de "seres desconhecidos" que conduz secretamente os assuntos do mundo, que controla esse experimento chamado vida na Terra, sujeitos que outros denominam "agentes desconhecidos" ou "superiores desconhecidos". Gastón continuaria lendo, mas uma alerta de vírus que surge na tela quando tenta abrir o depoimento de um suposto contatado o faz desistir.

Fecha o navegador do celular e envia uma mensagem a Max. Pergunta se já está dormindo, se pode ligar para ele. Gastón observa na tela do celular que Max leu a mensagem, mas não responde. Espera dois ou três minutos e decide tomar a iniciativa.

— Aconteceu alguma coisa? — pergunta Max ao atender.
— O Gato está bem?

Gastón diz que quer falar sobre Pol, e Max responde que já vai passar, que ele vai perceber que está delirando, que as condições na Tundra eram muito duras, mas que seu filho é sensato, que vai assentar a cabeça. Que o chefe de Pol lhe disse que esse tipo de coisa costuma acontecer e que deve dar um tempo para que o rapaz volte ao normal.

— Você contou para ele que o Pol está aqui? — pergunta Gastón.

— Ainda não — responde Max. — O Pol me pediu para não lhe dizer nada. Insistiu muito nisso. Você viu como ele está. Não quero que se revolte contra mim.

Gastón fica em silêncio para prolongar o momento. O celular no ouvido direito aquece levemente sua orelha; é uma sensação de bem-estar. A cama quente. A orelha quente. A voz de Max.

— Você está melhor? — pergunta. — Amanhã posso dar um pulo aí à tarde para ajudar a esvaziar a cozinha.

Max também demora a responder. Deve ter suas razões, mas não podemos saber quais são, porque não nos foi dado o acesso a ele, a seus pensamentos e motivações. Se acompanhássemos Max em vez de Gastón, estaríamos contando outra história, totalmente diversa, com menos acontecimentos, menos personagens, e a esta altura já estaríamos sofrendo um ataque de claustrofobia.

— Escuta — responde Max, voltando a fugir do assunto da entrega do restaurante, que o incomoda, se analisarmos seu comportamento até agora, como a subtrama de um romance que o narrador descarta por preguiça ou um mau hábito que se deseja eliminar através da negação.

Gastón espera. Mesmo sem vermos Max do outro lado, podemos intuir que está hesitando, calculando, escolhendo as palavras certas para se livrar de Gastón, para dispensá-lo outra vez sem parecer grosseiro. Mas, quando fala, muda de assunto.

— Você chegou a dar entrada na requalificação dos terrenos da horta? — pergunta.

— Não — responde Gastón.

— Pois deveria fazer isso — diz Max.

Despedem-se, e Gastón, que entendeu a proposta oculta por trás da pergunta de Max, desliga às pressas, para não resvalar na promessa, para não acenar com algo que ele não tem certeza de poder cumprir, para não antecipar aqui algo que, se de fato se concretizar, terá lugar em páginas futuras. Não é que Gastón queira criar suspense, intriga, mas agora tem um plano. Um plano B. E a fantasia desse plano desperta nele tantas ilusões que o impede de dormir. Passa algumas horas sonhando de olhos abertos, no escuro, contando a si mesmo um conto feliz, escutando sua própria respiração e a do cachorro, que está deitado em seu colchãozinho ao lado da cama, e percebe que a ilusão é tão enganosa quanto a paranoia, ambas crescem sem parar, perfeitas, invencíveis, até se chocarem com a realidade, a inapelável realidade. Mas Gastón sempre preferiu ser um iludido a ser um amargurado, para nossa sorte, e a única coisa que ofusca essa projeção de felicidade é a consciência de que Gato não estará lá para acompanhá-lo.

35.

Mais uma sequência de mensagens do passado, do Cone Sul. Gastón dá uma olhada nelas na cozinha, em pé, enquanto espera a água da cafeteira ferver. Foram enviadas de outro número, mais um a ser bloqueado, prevemos, se tomarmos como base de prognóstico o comportamento anterior de Gastón. Dizem essencialmente o mesmo que as mensagens da última vez, com exceção da primeira, a de introdução, que começa perguntando se Gastón recebeu há alguns dias as mensagens de seu outro sobrinho, o irmão do que agora escreve. Depois, uma ladainha idêntica: a injustiça da herança, a disparidade, as desvalorizações, o patrimônio, a exigência de restituição, de comum acordo, amistosa, em família.

Já sabemos o que Gastón fará a seguir. Não nos enganamos.

36.

O corretor da imobiliária diz para a colega, utilizando a língua nativa, que vai tomar um café com o cliente. Apanha o celular que está ao lado do teclado, contorna a mesa e se dirige resoluto para a porta da rua. Gastón demora a reagir; Gato, que mal acaba de se enrodilhar no chão, também.

É a hora da saída da escola, e eles têm que desviar de avós titubeantes, de crianças impulsivas que vão cobrindo as calçadas de migalhas de pão e bolachas. Passam por vários bares sem entrar em nenhum, Gastón imagina que o corretor deve ter seu favorito, mas no fim o leva a um grande terreno baldio que serve de estacionamento. Não há ninguém ali; vários carros têm grossas camadas de poeira, pneus murchos. O corretor pede para ele esperar, dirige-se até um duas-portas velho, abre o carro e volta com um maço de cigarros na mão.

— Você fuma? — pergunta.

Gastón diz que não. O corretor tem que voltar para o carro para procurar fogo.

— Não é uma coisa fácil — diz, depois de lançar uma sequência de anéis de fumaça —, mas dá para fazer. É preciso ativar alguns contatos na subprefeitura, acionar algum vereador. Você pensa em construir moradia? — pergunta.

—Não — responde Gastón —, um restaurante, coisa pequena; no máximo cem metros, na entrada da horta.

O corretor diz que para isso não vale a pena. Que ali ele poderia erguer um prédio residencial, um condomínio, com piscina, área verde, playground.

— Isso — diz o corretor —, aqui no bairro, seria um arraso. Seu passaporte para uma aposentadoria de luxo.

Pela primeira vez, Gastón olha para o corretor com curiosidade, repara no brilho da gravata verde, enquanto tenta desfazer a associação automática com Pol, separá-lo daquela massa de amigos e colegas, todos mais ou menos iguais: jovens simples, de classe média, conformados com seu destino, falantes da língua nativa como método de igualação social, fanáticos por futebol, pelo time da cidade, pelo melhor jogador da Terra. Não esperava que fosse ele quem começasse a pôr suas ilusões à prova, ou, por enquanto, digamos, para não sermos tão dramáticos, a impor obstáculos. Pensava que podia ser seu cúmplice, mas agora descobre que a gravata verde simboliza muito mais do que um trabalho precário no qual se tem a possibilidade de dar um bom golpe de vez em quando.

— Olhe para isso — diz o corretor, apontando ao seu ao redor com o cigarro pela metade —, dá para acreditar? Mais de dois mil metros quadrados. São da prefeitura, que desapropriou o terreno quando fez o novo plano diretor, com toda aquela confusão das reservas ecológicas.

Faz uma pausa para terminar o cigarro.

— Você já passou por aqui à noite? — pergunta. — Sabe para que serve essa reserva?

Como se soubesse perfeitamente o que tem de fazer, Gato começa a gemer e a se contorcer de dor. É um bom companheiro, Gato, inteligente, sempre foi. Gastón juraria que está fingindo, mas desta vez o ataque é mais violento, mais longo. O corretor assiste à cena com indiferença, como se, em vez de um cachorro com dor, estivesse presenciando uma criança fazendo birra.

— Preciso ir — diz Gastón para o corretor, depois de explicar o que há com o cachorro, assim que este recupera a calma.

— Pense no assunto — diz o corretor. — Faça isso pelo Pol, que vai precisar de muito apoio agora que perdeu a cabeça.

— Como? — pergunta Gastón.

O corretor olha para ele com condescendência, como se ele fosse o mais velho e Gastón, o rapazinho, e acende um segundo cigarro.

— Não se ofenda — diz —, eu tenho uma irmã esquizofrênica. Há lugares perto do mar, com muitos jardins, onde recebem todos os cuidados de que precisam. Mas são privados. Custam muito caro. Quem me dera eu pudesse contar com o que você tem.

Gastón vira as costas e puxa forte a coleira para fazer Gato se levantar e fugir dali, mas a lenta e desconfiada reação do cachorro o obriga a continuar escutando.

— Minha namorada é amiga da Ona — explica o corretor —, a ex do Pol. Você não imagina como ele ficou, foi tão assustador que até chamaram a polícia.

37.

Conforme caminha de volta para a horta, vai sendo dominado por uma fantasia paranoica, cada passo encadeando mais um argumento a favor de seus temores. E se Pol tiver mesmo perdido a razão? E se ele estiver pancada? Quem lhe terá dado a pancada? As lendas da Antiguidade falam em seres sobrenaturais que davam uma pancadinha com um dedo na cabeça de suas vítimas para fazê-las perder a inteligência, mas Pol é um cientista e Gastón não acredita nessas coisas. Se Pol recebeu uma pancada, um choque, foi o das condições desumanas da Tundra, do estresse que degenerou em crises de ansiedade, talvez num surto psicótico. E se Pol acabar virando o novo louco do bairro?

Antes já houve outros loucos. Aquela senhora que abordava os pedestres para lhes oferecer desenhos que tirava de uma pasta da companhia de gás; o rapaz que agitava furiosamente as mãos enquanto discutia aos gritos com um inimigo imaginário; vários indigentes que se refugiavam nos caixas eletrônicos quando o tempo era ruim e se instalavam nas praças nos dias bons; outro famoso, há muitos e muitos anos, recorda Gastón, nas obras de reforma do parque Histórico, um sujeito que dava ordens aos trabalhadores porque dizia que era vereador; e a louca dos cachorros, claro, que passava o dia inteiro afagando os cães, que Gastón conhecia muito bem, porque ela gostava muito de Gato (um carinho correspondido), e que um dia desapareceu sem deixar rastros.

Faz uma parada num bar e se senta a uma mesa na calçada, com Gato deitado a seus pés, cochilando. Pede uma cerveja e tira o celular do bolso da calça. Os hormônios do estresse são uma resposta do corpo a uma situação de ameaça, psicológica ou física, fictícia ou real. Gastón acaba de ler a informação na telinha, numa página de divulgação médica. A herança genética pode predispor a uma maior vulnerabilidade, resultando em episódios de psicose, depressão ou transtornos de ansiedade. Os delírios ou alucinações estão ligados à esquizofrenia ou à bipolaridade, e a resposta aguda acelera funções fisiológicas como a respiração, a frequência cardíaca e a tensão arterial; é como se o corpo se preparasse para um clímax, para um desenlace, à medida que tudo se acelera, embora, na realidade, essa sensação seja permanente, porque uma das coisas que o desequilíbrio mental altera é a percepção do tempo (anula o passado e o futuro, funde-os no presente). Não há causas e efeitos, tudo acontece ao mesmo tempo, num presente eterno em que a realidade se manifesta por inteiro. Gastón digita as palavras "frio", "tremores", "temperatura corporal", mas não obtém resultados concludentes.

Sentou-se a uma mesa na calçada de um bar extremo-oriental; só agora se dá conta disso, quando o extremo-oriental vem pôr um copo sobre a mesa, ao lado de um pratinho de milho torrado. Gastón toma um longo gole de cerveja, para tentar anestesiar sua paranoia, para entorpecer o encadeamento de seus pensamentos, a lógica de sintomas e efeitos que o fazem temer pela saúde mental de Pol. É um incidente passageiro, Gastón diz a si mesmo, como uma suspeita de tragédia que depois é descartada por inverossímil ou inconsequente, a menos que a genética exija sua continuidade. Mas como saber qual é a herança da família de Max e, mais difícil ainda, da família da mãe de Pol?

— O que há com o cachorro? — escuta Gastón de repente.

Quem perguntou foi o extremo-oriental, fazendo um esforço sobre-humano para pronunciar os erres da palavra cachorro, apontando com a mão direita para o lugar onde Gato está deitado, para a mancha de sangue que acaba de deixar, em volta do rabo, nas lajotas de flor da calçada. Gastón se apressa a pegar o porta-guardanapos, mas o extremo-oriental o interrompe.

— Não se preocupe — diz —, deixe que eu limpo.

38.

Desta vez, quando a adormecedora abre a maleta, vemos, além das seringas e dos esparadrapos, quatro latas vermelhas.

— Hoje é por minha conta — diz a Gastón, estendendo o braço direito para lhe oferecer uma cerveja.

Gastón agradece e já abre a lata. A adormecedora espera até acabar de aplicar o opiáceo, até confirmar seu efeito em Gato e verificar seu pulso. Fica sentada com as costas apoiadas no tronco da alfarrobeira, afagando o dorso do cachorro com a mão esquerda. Hoje ela chegou um pouco mais tarde, e o claro-escuro da sombra da árvore ofusca as linhas da aranha vascular em seu rosto, que agora parecem mais roxas do que vermelhas.

— Faz muito tempo que você tem isso? — pergunta a adormecedora, passeando os olhos pelo terreno vizinho de cebolas alongadas e pelo que fica atrás, onde crescem minúsculas couves-flores.

— Quase trinta anos — responde Gastón.

— Você aparenta ser mais novo — diz a adormecedora,

acentuando a ironia da lisonja com uma expressão caricata. — Tem família?

Gastón diz que não.

— Um pouco ermitão, hein? — diz a adormecedora. — Você passa muito tempo sozinho. Quero dizer, não morre de tédio?

Embora pareçam impertinências, as palavras da adormecedora não incomodam Gastón, que até agradece a curiosidade de sua interlocutora. Sente falta de conversar com alguém, compartilhar seu cotidiano, desde que Max se fechou em si mesmo. Gastón responde que não, que a horta tem uma rotina muito exigente. Que não lhe sobra tempo.

— Mas não faça uma ideia errada de mim — diz. — Tenho amigos, alguns tão chegados que eu poderia dizer que são como minha família. São minha família, na verdade — corrige-se, para enfatizar sua convicção.

Em seguida lhe fala de Max e de Pol, com um entusiasmo que enternece a adormecedora, como podemos notar, pois ela abandona sua atitude sarcástica e o escuta com interesse.

— Você já foi casado? — pergunta, quando Gastón faz uma pausa para beber cerveja. — Ou seu amigo e você são um casal? Desculpe, talvez eu não tenha entendido.

Gastón ri da confusão. Passa a lhe contar a história da mãe de Pol, dos vários romances de Max, dezenas desde que o conhece, relações de poucos dias ou de algumas semanas ou, no máximo, de poucos meses. A adormecedora lhe pergunta se ele também é um daqueles "solteiros empedernidos", e a expressão é tão novecentista que faz com que nos perguntemos qual a idade dela. Será que é mais velha do que parece?

— Na verdade, não — responde Gastón. — Meu ritmo é outro.

Acabaram de beber a primeira cerveja, e a adormecedora tira da maleta o segundo par, uma para cada um. Gastón lhe fala então dos ciclos de cultivo, das estações, do clima, das chuvas, da água e da rega, do tempo medido em colheitas, da solidão, da companhia de Gato, da rotina, das atividades mecânicas, automáticas, repetidas milhares de vezes ao longo de tantos anos, das pragas, das lagartas, dos ratos, de seu avô, no Cone Sul, que também tinha uma horta, das figueiras de sua infância, da vez que Max trouxe de sua terra umas sementes de pimentão que saíram tão picantes que tiveram de jogar toda a colheita fora, pois ninguém suportava a ardência.

— Você enrolou com toda essa conversa mole só para não dizer se agora está com alguém? — pergunta a adormecedora, retomando o tom brincalhão. — Tudo muito suspeito, sinceramente.

Gastón sorri amarelo e fita a aranha vascular na face direita da adormecedora.

— E você? — devolve Gastón. — Que me diz? Me conta alguma coisa, que isso aqui já está parecendo um interrogatório.

Coloca a lata de cerveja vazia, que foi bebendo aos golinhos, no chão e a esmaga com o pé direito.

— Tomamos mais uma? — pergunta a adormecedora.

39.

Gastón e Pol escutam o advogado camponês dizer que há lugares onde os bazares extremo-orientais foram proibidos. Que em Natais anteriores, na Tundra do Extremo Oeste, houve um problema de saúde pública causado por uns bonecos de pelúcia que estavam na moda.

— O nome é Mogwai — diz o advogado camponês. — Vocês nunca ouviram falar disso? Não viram nos telejornais?

Os assistentes dizem que não. Gastón e Pol não falam nada para não ser descobertos: ficaram na entrada do salão onde se realiza o encontro, nos fundos de um comércio dos antigos, protegidos pela porta entrecerrada. Desta vez Gato não os acompanha, e isso quer dizer que Gastón previu essa cena, sua escuta às escondidas, e preferiu não correr o risco de que o cachorro os delatasse. Ver Gastón fora da horta sem Gato é estranho, transmite, por estarmos habituados a vê-los sempre juntos, a imagem de algo incompleto. Um rosto sem nariz ou sem olhos.

Gastón vê com alívio que pouca gente respondeu à convocação; ele espia e conta apenas seis pessoas no público. Reconhece o cordilheirano e seu amigo, o costa-pacifiquense. Nem sequer o Tucu compareceu. Gastón recebeu o convite no celular, através do aplicativo de mensagens instantâneas, e o teria ignorado por completo se Pol não tivesse vindo com a história de que o Tucu havia dito que falariam do caso de Max, das ações para salvar o restaurante. Gastón percebe com preocupação os indícios de que o Tucu agora está rondando Pol. É isto que entendemos: que o Tucu, ao ver que Max e Gastón não lhe deram atenção, agora resolveu cercar o filho.

— Claro que não sabem — continua o advogado camponês —, porque os extremo-orientais não querem que saibam.

Diz que os extremo-orientais investem muito dinheiro em controlar a mídia, em manipular a opinião pública, em espalhar fake news. Explica que os Mogwai são uns bichos de pelúcia, parecidos com ursinhos, mas com certos traços de gato. Que a baixa qualidade dos materiais e algum produto químico tóxico empregado em sua fabricação desencadearam uma pandemia de alergias e que dezenas de crianças morreram de choque anafilático (somos nós que dizemos "anafilático", o advogado camponês repete a palavra "alergia").

— Um amigo meu que trabalha no porto diz que há um carregamento desses monstros pronto para ser distribuído nos bazares da cidade. Ninguém vai fazer nada. Vocês vão ver. Ninguém vai fazer nada até que seja tarde demais. Até que comecem a morrer crianças. Nossos filhos. Nossos netos.

Gastón aproveita a pausa que o advogado camponês faz em seu discurso para perguntar a Pol se ele vai ficar e se quer entrar. Ele já ouviu o suficiente. Temia se deparar com uma horda de vizinhos dispostos a iniciar uma guerra de limpeza étnica, mas o que vê parece mais a reunião mensal de um clube de conspiracionistas.

— Eu vou indo — diz Gastón. — Não gosto de deixar o Gato sozinho em casa.

— Vamos — responde Pol.

Atravessam a loja até a rua e, assim que põem os pés na calçada, topam com o Tucu.

— A reunião já acabou? — pergunta o Tucu a Pol.

— Não — responde Pol —, mas não podemos ficar.

— Depois eu te faço um resumo — diz o Tucu. — Você vai ver que vamos dar uma mão para o teu pai.

Despede-se de Pol com um tapinha no ombro, sem olhar para Gastón, e entra na loja. O tapinha foi pura condescendência, o Tucu aplicou a força exata para que Pol sentisse que ele é mais velho e, principalmente, que sabe muito mais da vida. Antes que Gastón diga para Pol tomar cuidado, o filho de Max fala primeiro.

— Me conta essa história da adormecedora — diz.

— Você vem jantar em casa? — devolve Gastón. — Tenho abobrinhas recém-colhidas. Coloco na chapa com um pouquinho de azeite e preparamos uma macarronada. Que tal?

— Nem precisa insistir — replica Pol. — Estou farto dos congelados do restaurante.

Partem apressados rumo à casa de Gastón; Pol tem o hábito de caminhar rápido, e Gastón está nervoso, temendo que Gato tenha outra crise em sua ausência.

Viram na rua do restaurante, mas ao se aproximar avistam um homem postado em frente à porta, movendo a cabeça ostensivamente para cima, para baixo e para os lados, como que vigiando o prédio e os transeuntes. Ao vê-lo, Pol gira para voltar atrás.

— Por aqui não — diz.

Gastón tenta identificar o homem.

— Que foi? Quem é? — Gastón pergunta a Pol, correndo atrás dele.

Pega-o por um braço para tentar detê-lo, mas Pol consegue se safar.

— Vamos aqui por cima — diz. — Depois eu te explico.

40.

— Quem era aquele cara? — Gastón finalmente volta a perguntar.
Estão na cozinha, acabando de lavar a louça e tomando uma terceira cerveja. Preferiu adiar essa conversa para que pudessem jantar em paz; Gastón tinha tanta saudade de Pol que pensou que resolver esse mistério, falar da situação do restaurante, de Max, de seu avô, da saúde de Gato, da sua fuga da Tundra, do que aconteceu na casa de Mariona eram coisas que podiam esperar. Que mereciam esperar. Falaram das colheitas da horta, do time da cidade, de suas chances de ganhar o campeonato continental, da saúde do melhor jogador da Terra, de como as abobrinhas estavam gostosas.
— Você acredita em mim, não é? — pergunta Pol.
Gastón permanece em silêncio, enquanto passa um pano nos pratos para enxugar os restos de água. Aplica-se à tarefa com muita atenção, abrilhantando seu desgaste, os riscos produzidos pela ação das facas, que cavaram na superfície dos pratos uma rede de sulcos finíssimos; está dilatando o momento artificialmente,

pois limpar os restos de um jantar para dois não levaria mais do que uns poucos minutos. Gastón quer ganhar tempo para pensar como iniciar essa conversa adiada não apenas hoje, mas desde o dia em que Pol contou os motivos que o levaram a abandonar seu emprego na Tundra. Não sabemos se ele acredita ou não em Pol. Ele mesmo não sabe se acredita ou não. Nós também não sabemos se devemos acreditar.

— No outro dia, não contei tudo para vocês — diz Pol, que não leva a mal o silêncio de Gastón e parece ler seu pensamento. — Vamos tomar um café?

Gastón põe a cafeteira no fogo. Terminam a limpeza e esperam o café em silêncio. Ambos querem ter essa conversa em condições ideais, sentados no sofá da sala, fingindo que está tudo bem. Supomos que Pol deve achar que assim, expondo seus argumentos com calma, aumentará as chances de Gastón acreditar nele. Gastón, por seu turno, deseja apenas a normalidade, não ter que acabar dando razão a seus temores e ao corretor imobiliário.

Servem o café e vão até a sala equilibrando as xicrinhas para não derramá-lo, assim como os dois terão que se equilibrar, pensa Gastón, para a conversa não derramar. Gastón se senta no sofá; Pol, no chão, junto a Gato, que está deitado em seu colchãozinho ao lado do móvel onde repousa um televisor vetusto.

— Outro dia não continuei porque meu avô é impossível — diz Pol. — E você e meu pai também não me apoiaram muito.

Gastón apenas levanta as sobrancelhas supondo que isso bastará para Pol entender que ninguém está preparado para reagir corretamente a uma revelação daquelas. Por mais filmes que tenha visto, por mais livros de ficção científica que tenha lido, ninguém está pronto para lidar com uma coisa dessas na realidade.

— Alguém programou essa experiência — começa a explicar Pol —, a panspermia dirigida — esclarece, caso Gastón e nós tenhamos nos esquecido do que se trata. — Não foi uma improvisação, não viraram e falaram vamos ver o que acontece se mandarmos essas sementes de vida para a Terra. Eles sabiam o que ia acontecer, previram tudo, planejaram tudo. Entende o que eu quero dizer?

Faz uma pausa para tomar um gole de café.

— Foi uma colonização — acrescenta.

Nem Gastón nem nós estamos certos de querer aceitar a lógica dos argumentos de Pol. O que queremos, na verdade, o que preferimos, o que Gastón deseja é que Pol pare de falar, que não siga em frente, que não nos obrigue a chegar à conclusão de que a crise nervosa que está sofrendo é séria e que talvez exija o uso de drogas e reclusão. Uma bola de fogo se instala no peito de Gastón; está assustado.

— Pol... — Gastón começa a dizer, para interrompê-lo, para desviar a conversa para outro lugar, para o pitoresco, mas quem o interrompe é Pol.

— Deixa eu falar, só posso contar isso para você, e para mais ninguém.

Gastón faz que sim com os cílios, com um suave fechar e abrir dos olhos que é uma promessa de paciência, de compreensão, uma prova da cumplicidade construída durante os anos em que ele viu Pol crescer e que, agora, embora não seja o que Pol espera, um gesto de credulidade, é algo muito mais profundo, uma promessa de lealdade: de que vai escutá-lo e que, aconteça o que acontecer, vai estar do seu lado.

— Tudo começou numa pocinha de água — diz Pol —, na presença de luz e calor, onde essas sementes começaram a sofrer variações complexas.

Enquanto expõe sua teoria da evolução, a maneira como as "sementes extraterrestres" deram lugar às células, enquanto fala de aminoácidos e proteínas, do longo percurso metabólico que desembocou em seres controlados por hormônios, misturando conceitos aprendidos no curso de biologia com ideias que parecem tiradas da ficção científica, Pol não olha para Gastón, olha para Gato, afaga seu dorso, e isso nos parece muito preocupante. Pol tem vergonha do que está dizendo; Pol sabe que o que está dizendo é absurdo e, ainda assim, Pol acredita que é verdade.

— E o que tudo isso tem a ver com o cara que vimos na rua? — pergunta Gastón.

— É meu chefe — replica Pol —, era meu chefe na Tundra — corrige-se. — Veio me procurar. Quer ter certeza de que eu não vou contar o que descobri.

Gastón engole em seco, preparando-se para a revelação, e tememos que o discurso de Pol se torne ainda mais fantasioso, mais próprio da ficção, imune às categorias de mentira e verdade. Se chegarmos a esse ponto, estaremos condenados a aceitar qualquer coisa, e talvez possamos fazer isso, se a verossimilhança funcionar, por diversão, para chegar até o final, até a última página, mas para Gastón as coisas são mais complicadas; ele não romperia com o realismo, como nós, ele romperia com a realidade.

— O instrumental que eles desenvolvem na Tundra tem duas funções — Pol começa a explicar, já se eximindo da responsabilidade de sua participação —, não é só para procurar vida em outros planetas. Também pretendem levá-la. Colonizar alguma das luas geladas. É o projeto de panspermia dirigida da humanidade, entende? Vamos semear nossas sementes nessas luas, vamos entrar na guerra de colonização espacial, no imperialismo universal — diz, retomando o plural que agora inclui não apenas a equipe de pesquisa da Tundra, mas também Pol e Gastón, nós, todos os terráqueos.

— E como vamos fazer para viver sepultados no gelo? — pergunta Gastón, que insiste em mostrar a Pol as contradições da sua narrativa.

— Embaixo do gelo há água líquida — diz Pol. — Essa guerra é travada numa escala de milhões de anos; teoricamente, um dia as condições dessas luas mudarão e serão propícias à vida. Chegada a hora, lá estarão nossas sementes, prontas para desenvolver a vida.

— Guerra? — replica Gastón. — Contra quem?

— Tudo isso é política — diz Pol —, você não entende?

Gastón encolhe os ombros, porque de fato não entende o rumo que vai tomando, a cada momento, o discurso errático de Pol.

— De que lado você está? — pergunta. — Do lado dos que pensam que isso deve ser do conhecimento de todos ou do lado dos que acreditam que deve permanecer oculto, secreto, nas mãos de uma pequena elite de iniciados?

Do lado dos que pensam que tudo isso é um delírio paranoico, pensa Gastón; mas não diz nada.

41.

Gastón acompanha Pol até em casa, com Gato caindo de sono, provavelmente sem entender o motivo desse passeio de madrugada, quando ele já concluiu sua rotina de evacuações. Alegou que precisa ter certeza de que chegará bem, de que não será interceptado pelo homem mais velho, o que em parte é verdade, mas o que ele realmente quer é falar com Max.

Completam o percurso sem contratempos, e Gastón, depois de ver que Pol entrou no edifício e de segui-lo com os olhos até o elevador, aciona o interruptor do controle remoto que abre a persiana do restaurante. Como era de esperar, apesar do adiantado da hora, Max continua lá, sentado junto ao balcão, de cabeça baixa fitando o celular, fiel a sua abstração de balas coloridas. O avô de Pol está sentado do outro lado do balcão, também concentrado em seu celular, esperando alguma notícia que o absolva, podemos imaginar, ou relendo as mensagens recebidas para tentar descobrir nelas algum duplo sentido ou uma pista oculta.

— Temos que ajudar o Pol — diz Gastón, quando a porta termina sua descida para fechar a entrada.

Gato tenta ir para seu recanto favorito, ao pé do balcão, entre dois bancos, mas Gastón o segura, avisando que será uma conversa curta; contudo, o cachorro está com sono e se deita ali mesmo, a seus pés. Como nenhum dos dois diz nada (nem sequer afastam os olhos do celular), Gastón resume o que acaba de ouvir de Pol, suas teorias da conspiração, e arrisca alguns diagnósticos: depressão, crises de ansiedade, surto psicótico, esquizofrenia.

— Todo mundo passa por uma má fase — replica Max com veemência, para interromper a enumeração de Gastón.

Não levanta a cabeça, e o brilho colorido das balas nos leva a pensar que na verdade está falando de si mesmo, e não de Pol.

— E se não for algo passageiro? — pergunta Gastón.

— Já vai passar — responde Max. — Você não confia nele?

Gastón diz que ninguém sai de uma situação dessas só com força de vontade, apelos ou conselhos, com livros de autoajuda, que Pol talvez precise de psicoterapia, medicamentos, que pode ser algum problema químico ou hormonal.

— Os cone-sulinos sempre querem resolver tudo no divã — diz Max para o avô de Pol.

— Além do mais — insiste Gastón, ignorando o comentário de Max —, não sabemos quais são seus antecedentes genéticos.

Olha alternadamente para Max e para o avô de Pol, como frisando que acaba de dizer um eufemismo, porque um deles está sofrendo uma depressão e o outro é um caso típico de megalomania autoritária.

— Tua mãe está louca — diz o avô de Pol para Max.

— Você é um psicopata — replica Max.

Os dois se pegam numa discussão que Gastón já ouviu muitas vezes e que previu capítulos atrás, quando o avô de Pol apareceu; é o que aconteceu em todas as ocasiões em que o pai de Max visitou a cidade. Quando Gastón os interrompe, nenhum dos dois teima em continuar; depois de tantos anos estão cansados, fartos de repetir a mesma cena. Diz a eles que de fato as condições desumanas da Tundra desencadearam a crise pela qual Pol está passando, mas que é importante verificar se não há uma predisposição genética.

O celular de Gastón vibra no bolso da calça: Max acaba de compartilhar com ele dois contatos de sua agenda.

— Aí estão o telefone da minha mãe e da irmã da mãe do Pol — diz Max —, mas não me meta nisto.

— E teus filhos, teus netos? — pergunta Gastón ao avô de Pol.

— Que é que tem? — diz o pai de Max.

— Houve algum caso desse tipo de doença? — pergunta Gastón.

— Como é que eu vou saber? — responde o pai de Max.

42.

É a adormecedora quem avisa Gastón, pois ele não notou nada. Alguém está sacudindo o portão, gritando boa tarde, batendo palmas. Gastón deixa a lata de cerveja ao lado do dorso de Gato, que dorme feliz seu sono de morfina; sai da sombra protetora da alfarrobeira e sobe a trilha que leva à entrada da horta. À medida que se aproxima, sente certa decepção ao ver que não se trata de Pol, que prometeu passar por lá qualquer dia nesse horário para que Gastón lhe apresentasse a adormecedora.

É um homem mais velho, que não lhe é totalmente estranho e que ele só identifica quando é tarde demais para se arrepender e voltar atrás, mas ainda assim chega a interromper a caminhada alguns metros antes de alcançar o portão para que o outro entenda sua recusa a deixá-lo entrar na horta. É o chefe de Pol na Tundra, o homem que vimos ontem na porta do restaurante.

O homem mais velho se apresenta e, antes que possa explicar o motivo de sua visita, Gastón o interrompe.

— Como o senhor chegou aqui? — pergunta.

— O Pol sempre nos falava dessa horta — responde o homem mais velho, arriscando uma cartada sentimental, ou talvez apenas dizendo a verdade. — O restaurante está fechado e não há ninguém na casa do pai dele. Fui perguntando, até que um vizinho me explicou como chegar até aqui.

O corpo pede que Gastón vire as costas para o homem mais velho e desça a ladeira para se reencontrar com a adormecedora, para ficar ao lado de Gato, seu lugar neste momento. A mente, porém, vai semeando perguntas. E se o que Pol lhe contou não for uma fantasia? E se pelo menos uma parte disso for verdade? E se o homem mais velho estiver aqui, nesta página, com motivações secretas, escusas, que ainda não podemos entender?

— O que o senhor está fazendo aqui? — pergunta Gastón.

Sabemos que dificilmente o homem mais velho dirá a verdade, toda a verdade, mas pelo menos dará sua versão, e isso por si só já é importante, para poder confrontá-la com a de Pol.

— Vou ser sincero — diz o homem mais velho, e Gastón se prepara para uma das alternativas: uma mentira ou um absurdo —; não se trata só do Pablo, isso vai muito além.

Que o homem mais velho tenha chamado Pol de Pablo nos surpreende, mas Gastón está acostumado, ele nem sequer percebe a diferença entre chamá-lo Pablo, na língua colonizadora, ou Pol, na língua nativa. O homem mais velho faz uma pausa e olha para o cadeado no portão, esperando que sua promessa de sinceridade mude a atitude de Gastón, que abra para ele e o convide a entrar. Mas a única coisa que Gastón muda é o pé de apoio.

— Eu chefio uma equipe de pesquisadores — continua o homem mais velho, resignado à desconfiança de Gastón —, sou o responsável por administrar uma verba, quem presta contas aos investidores.

De repente, Gastón perde o interesse, pois adivinha o que o homem mais velho vai dizer. Que a fuga de Pol compromete o trabalho de toda a equipe, que os investidores farão uma avaliação negativa, que há um risco de que interrompam o financiamento. De fato, é mais ou menos o que ele diz.

— Eu não deveria lhe contar isso — acrescenta o homem mais velho —, mas estamos sofrendo muita pressão, há investidores descontentes.

Esse último detalhe costumbrista, com o qual o homem mais velho pretende acabar de construir a verossimilhança de sua narrativa, irrita Gastón. Ele sente raiva de que o sujeito tenha escolhido o atalho da sinceridade, esse discurso pragmático de investidores, projetos e verbas de financiamento, em vez de antes buscar a empatia, em vez de pelo menos fingir, por decência, que está preocupado com Pol, com seu desaparecimento e sua saúde mental. Por mais hipócrita que um discurso sentimental pudesse parecer, é o que esperávamos; mas o homem mais velho está com pressa, como podemos perceber, não tem tempo para empatias nem delicadezas.

Agora sim Gastón obedece a seu corpo e, sem se despedir, pega de volta a trilha que desce por entre as leiras de cultivo em direção à alfarrobeira, ignorando os apelos do homem mais velho.

— Aconteceu alguma coisa? — pergunta a adormecedora, que, como vimos, tem bom ouvido e também agora estará escutando os gritos do homem mais velho.

— É um sujeito para quem devo um dinheiro — mente Gastón, uma mentira convincente. — Você vai ter que esperar até ele se cansar e ir embora.

— Então me oferece mais uma cerveja — diz a adormecedora, estendendo-lhe uma lata vazia.

43.

À noite, uma mensagem de Pol no celular. Gastón a lê na cozinha, enquanto controla o cozimento de um punhado de vagens. Pede para ele não ir ao restaurante, nem hoje nem amanhã, nem nos próximos dias, para não procurá-los, nem a ele nem a Max, até segundo aviso; diz que seu chefe, o homem mais velho, está rondando o restaurante, que se instalou nos arredores para vigiar. Pol não acredita que ele possa ficar por muitos dias, deixando sem supervisão o grupo de pesquisadores, que logo será obrigado a voltar para a Tundra, que terão de aguentar até que ele desista.

"Precisamos começar a esvaziar o restaurante", responde Gastón, "não podemos esperar mais, o prazo está estourando."

Acaba de preparar as vagens, o mexido, janta, toma um banho e vai para a cama.

Pol não responde.

Pensa que amanhã, sem falta, terá que procurar o norte--oriental para lhe pedir um adiamento da data de entrega do ponto.

Antes de fechar os olhos, faz uma nova tentativa.
"Amanhã tem jogo", escreve Gastón.
Mas não recebe resposta.

44.

Senta-se num dos bancos de madeira da praça das Mulheres Revolucionárias, como se estivesse descansando ou dando um respiro para Gato. É a hora em que termina o expediente nos escritórios, depois do horário em que crianças e avós lotam a praça, embora ainda restem alguns retardatários, esticando a tarde, protelando a volta para casa à base de birra. Gastón vigia os pedestres que atravessam a praça na diagonal para poupar alguns metros de caminhada. Espera que o acaso, ou o imprevisto, não impeça o fluxo da rotina. Sabe que Mariona, a ex de Pol, passa por ali todos os dias da semana, voltando do escritório de contabilidade; ele a viu muitas vezes, cumprimentou-a de longe, às vezes ela se aproxima para afagar Gato e eles trocam algumas frases de cortesia.

Desta vez ela demora mais do que Gastón calculou, mas finalmente aparece, embora não sozinha, e sim com uma amiga que Gastón não reconhece. Ele se levanta e vai a seu encontro sem fingir que é casual, não há necessidade, acha que sua preocupação o autoriza a interrogá-la. Depois dos cumprimentos, pergunta se pode falar com ela um instante, lançando um olhar furtivo à amiga, com amabilidade, como que se desculpando pela grosseria. Mariona se despede da acompanhante, uma colega do escritório, como deduzimos da promessa de se reencontrarem na manhã seguinte.

— Vamos tomar um café? — pergunta Gastón assim que a amiga lhes vira as costas.

— Eu não queria expulsar o Pol — responde Mariona —, mas ficamos com medo. Ele está bem?

Fica de boca entreaberta, num gesto que nos parece de ansiedade, ou de culpa, de remorso, mas Gastón, ao ver os incisivos superiores expostos, lembra-se de que Pol lhes contou, faz alguns anos, que quando se beijavam precisavam tomar muito cuidado com a posição de seus maxilares, porque uma vez ficaram presos, a dentadura de um encaixada na do outro, como peças de um quebra-cabeça, sem poder se separar. Tiveram um ataque de riso e só conseguiram parar porque estavam engasgando. Ambos interpretaram o incidente como um sinal de compatibilidade, mas na verdade, como Pol explicou cientificamente, tudo aconteceu por causa da posição do canino superior direito dela e do inferior oposto dele, que se engancharam.

Mariona é boa pessoa, Gastón sempre soube disso; costumava pensar nela com reserva, por pertencer àquele mundo do qual Pol nunca tinha saído: a escola, a praça, o bairro. Pensava que Pol devia ampliar esse círculo, conhecer outras pessoas, outras realidades, abrir-se para o mundo, tornar-se mais complexo, mais forte. A Tundra, evidentemente, se revelara uma armadilha: um deserto gelado, uma comunidade de personagens excêntricos realizando tarefas rotineiras enquanto redigiam relatórios abstratos que só meia dúzia de entendidos podia decifrar, o cenário perfeito para enlouquecer, literalmente.

Gastón diz que Pol está meio estranho e que por isso queria conversar com ela, para saber o que aconteceu.

— Foi por causa da calefação — responde Mariona —, durante o dia a gente nunca deixa ligada, senão você sabe como vem a conta depois. Mas o Pol ficava o dia inteiro enfurnado em casa e não só não desligava o aquecimento como punha no máximo. Quando a gente voltava de noite, mal podia respirar, aquilo era um forno. Eu moro com duas amigas, a gente conversou com ele, mas não teve jeito, ele estava o tempo todo com frio, tremendo, na cama grudava em mim e eu não conseguia dormir porque ele me deixava de cabelo em pé, batia os dentes sem parar. Primeiro reagiu na defensiva, depois me acusou de não querer ajudar, começou a ficar agressivo, quase saiu no tapa com o namorado de uma das minhas amigas, foi ela que ligou para a polícia quando pedimos para ele ir embora e o Pol se trancou no meu quarto e começou a gritar que éramos umas traidoras. Ele nos chamava de traidoras, tem cabimento? Pensei em avisar o pai dele, cheguei a passar no restaurante, mas estava fechado, parece que em férias. O Pol está ficando na tua casa?

— Ele te contou por que resolveu voltar? — pergunta Gastón, sem responder.

— Foderam com a nossa vida — diz Mariona, que também segue o raciocínio ditado por sua consciência, e não o das perguntas de seu interlocutor; é o diálogo de duas angústias. — Sabe por que o Pol precisou ir tão longe, para um lugar tão terrível, quando aqui não faltam ótimos institutos de pesquisa, inclusive na sua universidade? É que ele nunca poderia trabalhar lá, porque está tudo tomado por um bando de caquéticos que estão esquentando a cadeira desde o pleistoceno.

É assim que se passa do medo ao rancor, pensa Gastón, com pesar, é assim que se fortalece o metabolismo do ressentimento. Nós aproveitamos esses instantes de reflexão para observar com atenção a aparência de Mariona, sua roupa de liquidação, o elástico com que prende o cabelo, provavelmente comprado num bazar extremo-oriental, a bolsa de couro sintético, a ausência de maquiagem como um sinal de austeridade natural, ou de naturalidade austera, em suma: seu modo indefinível de estar no mundo, que pode parecer uma escolha, mas é o contrário, a falta de opções, a falta de dinheiro, porque neste mundo o consumo é o meio de diferenciação.

Mariona se agacha e abraça Gato, que não a evita. Seu abraço se estende por vários segundos, como se ela estivesse abraçando não apenas o cachorro, mas também Pol, Max e Gastón.

— Se cuida, meu bem — Mariona diz ao cachorro, então se levanta, dá dois beijos em Gastón, um de cada lado do rosto, e se retira.

45.

— Sim — o norte-oriental responde a Gastón.

Diz que há, sim, algo que pode fazer por ele. Acaba de dar mais três dias de prazo para entregar o ponto do restaurante e agora, em troca, pede a Gastón que o ajude a ir ao estádio para assistir a uma partida do time da cidade. Diz que quer levar o irmão para lhe dar as boas-vindas, que tentou comprar ingressos, mas já acabaram.

Gastón reage na defensiva ao pedido do norte-oriental: por que acha que ele pode conseguir os ingressos? Quem lhe disse isso? E começa a tecer hipóteses, levemente paranoicas: quem será que deu com a língua nos dentes? O dono do restaurante cone-sulino? O pai do melhor jogador da Terra? Ou será que foi a imprensa esportiva, sempre ansiosa por encher páginas e mais páginas com qualquer bobagem, todos os dias? Até que o norte-oriental lhe pergunta se ele não é da terra do melhor jogador da Terra, revelando a lógica de seu raciocínio, a razão que o levou a imaginar que poderia ajudá-lo. Gastón responde que verá o que pode fazer, que tentará arranjar os ingressos, sim, ignorando a pergunta sobre sua origem territorial.

O interesse do norte-oriental pelo futebol leva Gastón a pensar que poderia lhe oferecer o sistema de televisão do restaurante, que assim Max poderia recuperar algum dinheiro. Aproveita a deixa, e então descobre que Max se negou a receber o norte-oriental.

— Eu tentei falar com ele para acertar essas coisas — diz —, a mobília também poderia servir. Seu amigo não quis conversar.

Não é uma recriminação, é apenas informação. Mesmo assim, Gastón pede desculpa em nome de Max, explica que ele está passando um mau momento, que foi muito difícil para ele aceitar a ideia de fechar o restaurante.

— Como é mesmo que o senhor se chama? — pergunta o norte-oriental.

Gastón repete seu nome e aproveita para pedir que o norte-oriental repita o dele.

— Eu nunca lhe disse o meu — responde o norte-oriental —, o senhor não perguntou.

Antes que Gastón recaia em novas desculpas, o norte-oriental se adianta.

— Não tem problema — diz. — Meu nome é Nikolai, mas todo mundo me chama de Niko.

Dá por encerrada a conversa e volta ao que estava fazendo quando Gastón entrou na quitanda, olhar um vídeo no celular, mas Gastón não arreda o pé. O norte-oriental toca o botão de pausa na tela e ergue a vista para Gastón, para nós, que estamos com ele, como sempre, assistindo a tudo por cima de seu ombro.

— Varushka está aí? — pergunta Gastón.

— Varya? — responde Niko.

— Tenho um presentinho para ela — Gastón se apressa a esclarecer —, se você não se importar.

Niko grita o diminutivo do nome da menina, e os dois esperam. O norte-oriental volta a seu vídeo, distraindo-se da situação. A menina surge dos fundos da loja, e Gastón diz que trouxe algo para ela. O norte-oriental traduz para sua língua, sem levantar a cabeça, e Varushka corre até onde Gastón se encontra, com Gato deitado a seus pés, no extremo da guia.

— Olha — diz para a menina —, ele adora isso. Pode dar na boca dele, assim.

Gastón mostra a ela uns palitos de carne e oferece o primeiro a Gato. A menina continua a tarefa, e Gato come as guloseimas com avidez. Ao terminar, lambe as mãos da menina, contente. Varushka dá risada porque a língua do cachorro, áspera, lhe faz cócegas.

— O presente era para o cachorro — diz Niko.
— Ela gosta — responde Gastón.

46.

As fotos chegam pelo aplicativo de mensagens instantâneas vindas de um número local desconhecido, e ao descarregá-las Gastón deduz que foi Yu quem as enviou (quem as reenviou, na verdade, porque fazem parte de um disparo em massa, de uma campanha). A vitrine do bazar quebrada, estilhaçada, o letreiro salpicado de manchas de tinta preta, a palavra "Mogwai" agora escrita em letras vermelhas, e não invisíveis, como para confirmar que a ameaça foi cumprida. Há imagens de outras lojas e de uma carta da Liga de Comerciantes Extremo-Orientais pedindo a solidariedade dos moradores do bairro e a intervenção das autoridades.

Treze comércios foram atacados durante a madrugada. Quase todos, bazares extremo-orientais, e também dois bares, uma barbearia e uma mercearia de médio-orientais. Gastón lê a descrição dos estragos no jornal, debruçado no balcão de um bar dos antigos, situado na avenida que leva ao parque Histórico, enquanto espera que lhe sirvam um café, com Gato deitado a seus pés, cochilando.

— De onde eles tiram o dinheiro para comprar as lojas? — pergunta o dono do bar, utilizando a língua nativa, ao vê-lo interessado na notícia. — É isso que deveriam investigar.

Gastón prefere não levantar os olhos do jornal, não dar brecha para que o dono do bar continue; mas o homem, agora de costas para o balcão, esperando que o café acabe de pingar da máquina, insiste em sua arenga.

— Compram tudo, não importa o que seja — diz, mudando para a língua colonizadora, caso Gastón não tenha dado ouvidos ao que disse por ter usado a língua nativa —, lojas falidas ou postas à venda por aposentadoria, mas também as boas, mesmo que sejam caras, quando a localização lhes interessa. É uma estratégia para se apossarem da cidade. Só não se metem comigo porque eu não tenho mesas na calçada. Se o bar não tiver mesas na calçada, eles nem se interessam.

O homem deposita o café no balcão; solta um vapor demasiado denso e vemos o anel amarelado que mancha o interior da xícara, delatando que está queimado (a máquina despeja a água mais quente que o recomendável, está mal calibrada). Gastón reconstrói mentalmente a cadeia de produção e distribuição que começa com um agricultor cuidando de seus arbustos em algum morro do Cone Sul ou do Sul-Oriente da Terra; depois a viagem dos grãos colhidos para o oriente ou para o poente, dependendo da origem, mas sempre para o norte, para a torrefação e os intermediários norte-ocidentais; tudo para acabar nesse líquido fervente que Gastón não deve ingerir, se quiser evitar a acidez e o refluxo.

Pede a conta. Paga. E sai do bar sem tocar a xícara.

47.

Esfrega o pequeno tubérculo com força para tirar a terra e o aperta entre o polegar e o indicador, para avaliar seu grau de maturação. Depois analisa sua cor à luz quase primaveril da manhã, essa luz que demorou oito minutos para percorrer a distância que nos separa do Sol. Está de cócoras, bem no meio da leira de batatas-da-terra, entre dois renques de pés. Levanta-se, tira as luvas e pega o celular do bolso da calça.

"Já temos batatas", digita, "levo para você?" Espera os sinais completarem a viagem de ida e volta, apostando se o destinatário estará ou não disponível e disposto.

"Ótimo", lemos logo em seguida. "Vou deixar avisado que você vem."

Gastón fica observando as mensagens como se, além de ler cada uma das linhas, tivesse que escrutá-las em busca de algo, um estímulo ou um incentivo. Está hesitando, sente algo semelhante ao pudor ou à vergonha, seu sistema nervoso central organiza uma ardência no rosto.

"Escuta", escreve finalmente, "não queria incomodar, você

sabe que nunca pedi nada, mas daria para me arranjar dois ingressos para o próximo jogo? São para uma pessoa a quem devo um enorme favor."

"Claro, sem problemas", lemos de imediato, e Gastón sente um duplo alívio.

"Obrigado, mesmo", escreve, "onde pego os ingressos?"

"Vou mandar por aqui mesmo", lemos, "é só você imprimir."

Gastón volta a agradecer, guarda o celular, recoloca as luvas, agacha-se e começa a tirar da terra as batatas-da-terra da terra do melhor jogador da Terra.

48.

Desta vez fazem tudo sob o beiral do abrigo de ferramentas, porque está chovendo e a sombra da alfarrobeira não oferece proteção suficiente. Gato já dorme profundamente seu sono feliz. Gastón e a adormecedora estão tomando uma cerveja e beliscando uns petiscos. Batatas fritas, salame, umas azeitonas que a adormecedora trouxe. Cada dia ele se sente mais à vontade com ela, embora algumas coisas dela o inquietem, e Gastón não sabe se agora é um bom momento para interrogá-la. Para que ele quer saber mais da vida e das motivações da adormecedora? É só curiosidade ou há mais alguma coisa, algo que está acontecendo com Gastón mas que ainda não ousamos nomear?

— Por que você faz isso? — pergunta Gastón.

— Isso o quê? — devolve a adormecedora.

Gastón toma um gole de cerveja, fazendo uma pausa para escolher as palavras com cuidado.

— Toda essa história de cerimônia — diz —, de adormecedora, de cura tradicional, representar coisas em que você realmente não acredita.

— Não pense que você me conhece tanto assim — replica a adormecedora.

Mesmo tendo evitado o uso de palavras mais duras, como simular, ou fingir, ou mentir, ou enganar, Gastón percebe seu erro. Arrepende-se, pede desculpas à adormecedora e tenta se corrigir.

— O que eu queria saber — diz — é por que você abriu o jogo comigo.

— Você precisava de outras coisas — responde a adormecedora.

Está calma, não se ofendeu, podemos ver que a conversa não a pega de surpresa; estava preparada, sabia que mais cedo ou mais tarde aconteceria.

— E eu precisava do quê? — pergunta Gastón.

Aqui estamos. Diante das verdadeiras grandes perguntas, mas o que Gastón não podia saber era que esse joguinho se voltaria contra ele. Por um segundo, ele, e nós também, tememos que a adormecedora pronuncie uma daquelas palavras tão imensas que não ousamos escrever até agora.

— Companhia, imagino — diz a adormecedora.

Gastón sente um alívio ao ouvir a resposta e enxerga a oportunidade de tornar a conversa menos séria, de voltar àquele instante aparentemente fútil feito de palavras à toa, de movimentos automáticos, de pequenos gestos, de atos inconscientes, de inconsequência segura.

— Não seja piegas — diz Gastón, em tom jocoso.

— Do que você tem medo, Gastón? — responde a adormecedora.

Os dois ficam em silêncio, comendo azeitonas e jogando os caroços na leira vizinha. Gastón poderia fazer um esforço para alinhavar os conceitos que lhe vêm à mente agora, desconexos, enquanto não responde à pergunta da adormecedora; mas não faz isso, talvez, justamente, por medo.

— Se bobear, logo você vai ter um bosque de oliveiras aí — diz a adormecedora, concordando em voltar à conversa leve.

— Você acredita em vida extraterrestre? — pergunta Gastón.

49.

Não há maneira de fazer isso direito; Gastón sabe disso e leva alguns dias para tomar a iniciativa. Andou lendo conselhos em diversas páginas de informação médica, psicológica e psiquiátrica, mas as mensagens que rascunha, apesar de toda a delicadeza que tenta infundir nelas, soam (ou são lidas, para sermos mais exatos) como uma ofensa.

A mãe de Max, que Gastón não conhece, porque nunca veio à cidade (é Max que a visita de vez em quando), não responde. Gastón sabe que ela tem mais dois filhos (meios-irmãos de Max) e netos; em todo caso, sendo de outro pai e acrescentando à equação as parceiras de seus filhos, talvez seja demasiada informação genética para tirar alguma conclusão.

A irmã da mãe de Pol responde depois de algumas horas. Diz que está farta de que digam que sua irmã era louca, que depois de tantos anos já poderiam deixá-la descansar em paz. Que sua irmã era uma mulher livre, sem amarras, que não aceitava falsos moralismos, mas que não era uma histérica e que além do mais não estamos na idade da pedra.

O primeiro impulso de Gastón é ligar para desfazer o mal-entendido, para lhe explicar melhor a situação de Pol; mas logo se dá conta de que ele não é ninguém, de que não tem o direito de mexer numa ferida que, pelo visto (pelo que lemos), não está cicatrizada. Responde apenas que se explicou mal, que sente muito e que não voltará a incomodá-la.

50.

Continua sem receber notícias. Nem de Max, nem de Pol (nem de ninguém, na verdade). Também não respondem às suas mensagens; suas chamadas caem na caixa-postal. Teme que o celular esteja com defeito, pois além disso tem se comportado de modo estranho: desliga sozinho, fecha o navegador. Resolve levar o aparelho para o conserto.

Vai a uma das lojinhas de médio-orientais especializadas em celulares. É o início da tarde, o local está vazio, os avós ainda não acordaram de sua sesta, as crianças continuam na escola, o resto está cumprindo o expediente. Gastón explica ao médio-oriental os detalhes do comportamento do aparelho. É um sujeito jovem, que bufa contrariado como um peninsular, enquanto abre e fecha navegadores e aplicativos. Parece desapontado com Gastón, com sua inépcia ou ignorância tecnológica, ou possivelmente com sua temeridade, sua falta de cuidado ou precaução no uso do celular.

O médio-oriental coloca o aparelho sobre o vidro do balcão e em sua boca se desenha um sorriso malicioso.

— Está com vírus — diz. — Não pode entrar nessas páginas, acontece sempre a mesma coisa.

— Tem conserto? — pergunta Gastón, tentando evitar o sermão do médio-oriental, mas este insiste.

— Sites de pornografia, sabe? São maliciosos, roubam dados bancários, senhas.

Num acesso de pudor, Gastón olha para trás, verificando se ninguém entrou na loja. Volta a perguntar se é possível consertar o telefone.

— Posso consertar, sim — responde o médio-oriental —, mas você não pode entrar nesses sites, porque aí acontece tudo de novo. Depois vem aqui reclamar que eu não fiz o serviço direito. Ou pior, vem sua mulher, e eu que levo a bronca. Posso consertar, mas sem garantia. Não confio mais. Isso só me dá problemas.

Gastón pergunta se o vírus pode ter afetado o funcionamento dos aplicativos, pois faz algum tempo que não recebe mensagens.

— Depende — responde —, gonorreia não é o mesmo que sífilis, entende? Antes preciso examinar o aparelho. Volte daqui a duas horas.

O médio-oriental lhe entrega um recibo. Gastón sai da loja e decide aproveitar o tempo de espera para dar uma olhada no restaurante.

Imagina o caminho que deve fazer para chegar lá por baixo, que é mais protegido; se for por cima, será obrigado a atravessar a praça, o que o deixará totalmente exposto e, ainda por cima, também passará em frente à imobiliária. Não pode descer a ladeira porque corre o risco de ser abordado pelo costa-pacifiquense, mas se virar à direita e subir, para evitar a mercearia, passará em frente à lan house do cordilheirano. A dúvida paralisa Gastón por um tempo suficiente para que Gato se canse e resolva se deitar nas lajotas de flor da calçada. Sem perceber (mas nós percebemos), Gastón está calculando quem prefere evitar, de quem será menos trabalhoso se livrar, quem é mais perigoso.

Puxa Gato pela coleira para que se levante e o manda caminhar sem indicar o rumo. Quer que o cachorro decida por ele, e Gato, evidentemente, por preguiça, segue a inclinação do terreno e começa a descer a ladeira.

51.

Ocorre o previsível, como às vezes acontece, bem menos do que nossa paranoia esperaria: o costa-pacifiquense está postado na porta da mercearia, contemplando o início da tarde, convocando a clientela com sua impaciência. Gastón o avista num momento em que mudar de calçada já seria um gesto ostensivo, de medo, precaução ou desprezo. Opta pela falsa indiferença, e sabemos que será um fracasso. Cumprimenta com um movimento de sobrancelhas e tenta escapulir, mas o costa-pacifiquense se agacha para afagar Gato.

— Que beleza — diz. — Qual é a raça?

Gastón não responde porque fica especulando se essa mudança de atitude não será parte da representação, uma estratégia para aliviar a tensão e fazer com que ele baixe a guarda.

— Escuta — diz o costa-pacifiquense, levantando-se e mudando de assunto sem esperar a resposta de Gastón —, você não cultiva batatas vermelhas?

A mercearia não deve ir lá muito bem, pensa Gastón, porque o costa-pacifiquense está tão entediado que aproveita qualquer oportunidade, inclusive a aparição de Gastón, seu suposto inimigo, para soltar as caraminholas que vai acumulando entre um cliente e outro.

— Você conhece? — continua. — Batata vermelha, é pequenininha, a gente cozinha com carne e molho, é muito gostosa, as batatas daqui não têm gosto de nada. Sabe quantos tipos de batatas tem na minha terra? — pergunta. — Mais de cem — responde, sem dar tempo nem para criar a pausa dramática —, aqui só tem a batata para fritar e uma outra para cozinhar, essa gente não sabe nada de batatas, é terrível.

O costa-pacifiquense fez o elogio das batatas da sua terra com tanta veemência que Gastón, de fato, recorda já ter cultivado essa variedade, uma vez, a pedido de um restaurante, muitos anos atrás. Claro que não diz nada ao dono da mercearia, não quer dar corda à sua saudade dos tubérculos, mas para o outro já basta e sobra que Gastón continue lá, que não vá embora.

— Por que você não planta essas batatas, para eu vender? — diz. — Tenho muitos conterrâneos na freguesia, essa batata é cara, ainda mais aqui, a gente poderia vender pelo preço que quisesse, um quilo pode custar três ou quatro vezes o que vale a batata sem graça daqui.

O salto da nostalgia gastronômica à proposta de negócios proporciona certa tranquilidade a Gastón, afrouxa o nó da tensão; mas esse alívio ocorre dentro de sua cabeça, e ele não diz nada, nem dá sinais de reagir à falação do dono da mercearia, e sua passividade faz com que o costa-pacifiquense volte a apertar o nó, com força.

— Você se acha superior, não é? — dispara, interpretando o mutismo de seu interlocutor como uma mostra de desprezo.
— Você se acha superior porque não sabe o que alguém como eu teve que passar para chegar até aqui. Nem todo mundo pode se dar ao luxo de ser boa-praça, ter bons sentimentos pelo próximo.

Queria muito que você entendesse isso, mas está na cara que é impossível.

Agora sim Gastón tenta dizer algo para rebater a acusação, mas já é tarde demais; o dono da mercearia o interrompe.

— Teu cachorro cagou — diz, e Gastón olha para Gato constatando a obra. — Limpa isso aí. Não quero tua merda na minha calçada.

O costa-pacifiquense entra de volta na mercearia. Gastón tira um saco plástico e se agacha para recolher o excremento, salpicado de sangue. Gato baixa as orelhas e seus olhos se enchem de lágrimas.

— Está tudo bem — diz Gastón —, vamos procurar o Max e o Pol, anda.

52.

Gastón não sabe se o homem mais velho não o viu ou se está fingindo. Esconde-se no bazar extremo-oriental e o observa através da vidraça quebrada. Está no bar em frente, sentado a uma mesa da qual pode vigiar o movimento da rua e, principalmente, a entrada e a saída do prédio onde ficam o restaurante e o apartamento de Max.

— Você o conhece? — pergunta Yu, de trás do balcão.

A entrada de Gastón no bazar extremo-oriental puxando o cachorro foi tão chamativa que Yu logo entendeu o que está acontecendo.

— Sabe quem é ele? — insiste Yu, abrindo um bloco sobre o balcão para tomar notas, como se fosse um repórter.

Gastón cogita comprar um chapéu e um par de óculos escuros para tentar enganar o homem mais velho, mas descarta a ideia assim que acaba de concebê-la, por ridícula. Ele não tem nada a esconder; precisa apenas tomar cuidado para não comprometer Pol. Deve sair do bazar, dar meia-volta e ir pegar o celular. Foi uma imprudência, Pol bem que lhe avisou, mas Gastón precisava verificar se não estava sofrendo um surto de paranoia injustificada. Ao menos nesse caso, pelo visto, consola-se Gastón (um consolo de tolos), Pol não estava exagerando, o homem mais velho está mesmo empenhado em localizá-lo.

— Sabe quem é ele? — volta a perguntar Yu, estranhando o silêncio de Gastón, sua atitude temerosa.

— Não sei — diz Gastón, que não presta atenção no que o extremo-oriental está dizendo, preocupado em planejar sua rota de fuga.

— Não sabe? — replica Yu. — Como assim não sabe?

O extremo-oriental se aproxima do lugar em que Gastón se posicionou, perto da entrada, num ponto que acredita estar fora do campo de visão do homem mais velho. Gastón diz que não tem certeza, que lhe pareceu conhecido, que lhe lembra alguém, mas que talvez esteja enganado.

— Faz alguns dias que ele anda rondando — diz Yu. — Entra no bar e fica sempre perto da janela vigiando, muito suspeito. Olhe.

Volta para o balcão e pega o bloco de anotações.

— Ontem ele chegou às nove e quarenta e dois — diz o extremo-oriental —; ficou no bar até as onze e zero oito. Foi três vezes para a rua, falou com duas pessoas que saíam do prédio do restaurante do seu amigo, como é mesmo o nome dele?

— Max — diz Gastón.

— Do Max — confirma Yu. — Depois voltou ao bar e ficou lá até vinte para as duas.

O primeiro impulso de Gastón, enquanto escuta o extremo-oriental detalhar a rotina do homem mais velho, é explicar que ele está enganado, esclarecer o mal-entendido, desfazer suas suspeitas, mas em seguida considera que sua vigilância, além de inofensiva (e de funcionar como uma espécie de terapia ocupacional durante as horas mortas do bazar), pode ter alguma utilidade.

— Tem razão — diz Gastón —, é tudo muito suspeito. Me avise se acontecer alguma coisa estranha.

— Estranha? — repete o extremo-oriental, fazendo o esforço fonético correspondente.

Gastón diz que não gostou nem um pouco de saber que o sujeito anda rondando o prédio do restaurante de Max.

— Como vai o cachorro? — pergunta Yu de repente, mudando de assunto, e Gastón percebe que o extremo-oriental está olhando para Gato, consternado.

Segue o olhar de Yu e descobre a razão: o cachorro salpicou de sangue o piso do bazar, uns pingos grossos que escorrem de seu rabo peludo.

— Não se preocupe — diz Yu —, deixe que eu limpo.

O extremo-oriental caminha até o balcão, pega um rolo de papel toalha e volta para o lugar onde o cachorro está deitado.

— O que você está esperando? — pergunta Yu.

— Nada, já vou indo — responde Gastón, puxando a coleira com força para avisar Gato que terão de caminhar rápido, mais rápido do que seria justo exigir dele.

— Para pôr seu amigo para dormir — esclarece o extremo-oriental.

Está agachado, de cócoras, esperando o papel absorver o sangue; Gastón se vira para olhá-lo de frente.

— Estou trabalhando nisso — justifica-se, e sente vergonha, como se, além de dar explicações ao extremo-oriental, ele as estivesse dando a si mesmo, em voz alta, ou a nós, que também consideramos a morosidade de Gastón egoísta.

53.

Logo depois de apanhar o celular na loja do médio-oriental, recebe uma mensagem: "Olá, amigo", lemos; o remetente, para surpresa de Gastón, já consta na agenda de contatos, identificado como Ender (quem é Ender? Ou o que é Ender?), e a mensagem não chega pelo aplicativo que todo mundo usa, mas por outro, que ele nem sabia que tinha instalado. "Não se preocupe, aqui é seguro, podemos conversar." Gastón pensa por um momento que precisará trocar de celular, ou até de linha, mas aí chega a explicação: "Sou da loja de telefones". Depois vemos na tela que o outro vai digitando durante longos segundos, com pausas, talvez para escolher bem as palavras, ou então porque um dos dois está com a conexão ruim.

"Desculpe ter falado do pornô, não sabia do seu interesse. Mas não é assim que se faz, é perigoso." Em seguida, explica que instalou em seu celular um firewall, um antivírus, um navegador protegido e um programa que vai apagando o histórico automaticamente. Gastón responde com um "o que você quer?", que não temos certeza se o médio-oriental sabe interpretar como uma ameaça. "Calma, amigo, é para fazer um convite. Temos um grupo que reúne os contatados, é tudo muito seguro, não precisa se preocupar." "Não entendi", escreve Gastón. "Venha à noite", responde o médio-oriental, "você está com sorte, hoje tem reunião. É aqui", e Gastón recebe um horário e um endereço. "Que é isso?", pergunta Gastón. "O que você estava procurando", lemos. Esperamos uma mensagem que complete a resposta, mas nada. Gastón insiste enviando um solitário ponto de interrogação. "A Sociedade de Amigos dos Visitantes do Espaço", escreve o médio-oriental. "Esperamos por você."

54.

Quando a porta de serviço da mansão se abre, observamos, atrás da cozinheira, o pai do melhor jogador da Terra. Está tomando uma infusão de ervas cone-sulinas, sentado diante de uma mesa comprida, olhando a tela do celular.

— Entra — diz. — Vou pedir para te servirem uma infusão.

Antes que Gastón possa recusar, explicando que não gosta da infusão de ervas cone-sulinas, e replicar que, em todo caso, prefere um café, uma das empregadas que estão lidando na cozinha lhe entrega o recipiente com o canudo. Outra mulher arrasta para dentro o saco de batatas-da-terra da terra do melhor jogador da Terra, enquanto outra lhe pede para deixar algumas fora, que já vai preparar um ensopado para o jantar.

— Senta aí — o pai do melhor jogador da Terra diz para Gastón, com uma firmeza mais própria de uma ordem que de um convite.

Gastón se aproxima equilibrando a cuia para não derramar o líquido e dá um gole na infusão fervente e amarga.

— Que é que você acha? — pergunta o pai, assim que Gastón se senta.
— Do quê? — responde Gastón.
Outra empregada coloca sobre a mesa uma bandeja com biscoitos, chocolates e diversos tipos de guloseimas.
— Do que está acontecendo com o baixinho — diz o pai.
— Você tem filhos?
Gastón diz que não.
— É casado?
Gastón volta a dizer que não, e o pai do melhor jogador da Terra se desculpa por sua indiscrição, diz que não há problema, que não tem do que se envergonhar, que ele só não esperava isso de um agricultor, que antigamente era coisa de cabeleireiros, de gente de teatro, de costureiros, mas que não precisa se preocupar, pois agora felizmente são outros tempos. Gastón nem sequer chega a pensar em desmenti-lo, porque o outro fala sem parar, agora volta ao assunto do estado físico do filho, das pressões do meio, nós o escutamos dizer, da diretoria, da imprensa, dos colegas (e da família, acrescentaria Gastón, mas continua em silêncio).
— Não está boa? — pergunta o pai, apontando para a cuia na qual repousa a infusão.
Antes que Gastón possa responder, o pai do melhor jogador da Terra grita mandando as empregadas servirem outra infusão, e que façam o favor de tomar mais cuidado com a temperatura da água, porque sempre queimam a erva.
— Já descartaram os problemas gástricos? — pergunta Gastón, para dizer alguma coisa, aproveitando a pausa enquanto o outro suga um gole de sua infusão.
— Todos os problemas gástricos estão aqui — diz o pai, e não aponta para a barriga nem para o esterno ou o abdômen: aponta para a cabeça.

Uma terceira empregada substitui a cuia, pondo ao lado uma garrafa térmica com água quente. O pai do melhor jogador da Terra espera que Gastón complete a cerimônia de verter o líquido na erva.

— Justo agora que está para começar o momento mais importante da temporada — diz.

Bufa contrariado, confirmando o estereótipo repetido milhões de vezes, essa pieguice que costuma ser chamada de "lei de vida": a de que os filhos sempre decepcionam os pais, inclusive esse filho, inclusive esse pai. Gastón acha que ele se refere à fase final dos vários campeonatos, ao jogo decisivo do campeonato continental que será disputado dentro de alguns dias, mas o pai está falando de outra coisa.

— É agora que são renovados todos os contratos de publicidade para o ano que vem — explica.

Balança a cabeça e em seguida volta a baixá-la para a tela do celular, ignorando Gastón de repente.

— Você não vai comentar nada, não é? — ainda lhe pergunta.

— Claro que não — responde Gastón, sem entender muito bem qual seria o segredo que supostamente lhe foi revelado, e empurra a cadeira para trás para se levantar.

— Calma — diz o pai —, aproveita tua infusão sem pressa, eu preciso cuidar de uns assuntos aqui, mas não vai embora.

— Preciso ir — replica Gastón —, deixei o cachorro na caminhonete.

— Fica — insiste o pai. — Experimenta esses biscoitos — ordena, estendendo-lhe um —, vão te transportar para a infância.

O biscoito se desmancha na boca de Gastón, como se desafiasse as leis da matéria; mas não o leva à infância (leva-o a temer a quantidade de manteiga que há nele). Se, como tudo indica, as cozinheiras da mansão carregam na manteiga e, por conseguinte, no óleo, no sal e no alho, aí poderia estar a explicação dos problemas gástricos do melhor jogador da Terra.

Olha a hora num relógio de parede, calculando que não conseguirá chegar a tempo para o encontro diário com a adormecedora. Aproveita que o pai do melhor jogador da Terra continua absorto digitando na tela para tirar o celular do bolso da calça. "Desculpa", escreve, "perdemos a hora. Não vamos chegar a tempo. A gente se vê amanhã?" As mensagens são entregues imediatamente e observamos que a adormecedora está digitando, onde quer que se encontre. "Já estou a caminho… Você sabe aplicar injeções?" Gastón responde que sim. "Bem que eu desconfiava", responde a adormecedora, e envia o emoticon de uma carinha chorando de rir. "Vou deixar a dose na caixa de correio", lemos, "mas não vai se picar, hein? Segura a fissura."

55.

O endereço que o médio-oriental lhe enviou corresponde ao porão de um bar que Gastón conhece muito bem; um local que costuma abrigar lançamentos de livros, leituras de poesia, tertúlias literárias e clubes de oratória, um ponto tradicional do bairro, e isso, o fato de não ser nada secreto, o intriga. Neste caso, o previsível não funciona, e, portanto, ele não sabe o que esperar. Fica na esquina observando o movimento da rua, para averiguar que tipo de gente responde àquela convocação e calcular o público. Pensa que está protegido pela noite, pela penumbra produzida pelas lâmpadas sujas dos postes, pela ausência de Gato, que deixou em casa, dormindo feliz seu sono de morfina. De certo modo, é como se Gastón acreditasse ser irreconhecível sem o cachorro, sem aquele apêndice no final da guia. No entanto, é descoberto; quem o descobre é Ender, por acaso, que topa com ele ao virar a esquina.

— Que bom que você veio — diz —, é ali na frente — acrescenta, apontando para o bar com o queixo.

O médio-oriental não lhe dá chance de reagir, pois praticamente o arrasta com a inércia e com sua falação inofensiva, que desacredita qualquer intriga ou conspiração.

— Precisa pagar ingresso — diz —, mas já vou falar com o organizador para não cobrarem de você, por ser a primeira vez.

Gastón responde que não pode ficar muito, uma desculpa antecipada, caso ele tenha que sair correndo. Fala da saúde de Gato e que terá de voltar logo, que não gosta de deixá-lo sozinho e, ainda por cima, como se não bastasse, sedado (isso ele não diz, claro, apenas pensa).

Entram no bar, caminham até o fundo e descem as escadas que levam aos banheiros e ao salão de eventos. É um lugar dos antigos, em que o proprietário atende o balcão e os funcionários são cone-sulinos, com mesas de ferro e mármore, uma flâmula pendurada atrás do balcão, indicando que ali se reúne um grupo de torcedores para assistir aos jogos do time da cidade, e um cartaz anunciando "Passa-se o ponto por motivo de aposentadoria", que, como Gastón sabe, encobre a artrite do dono.

Lá embaixo, uma mulher recolhe a cota de colaboração, e Ender cumpre sua promessa. Além disso, por levar um novo participante, consegue que também não cobrem dele (um prêmio pelo recrutamento).

— Temos que esperar o chefe — diz o médio-oriental —; às vezes ele chega um pouco tarde. Vem, vou te apresentar as pessoas.

Ender o leva até uma mulher que diz ser secretária no consulado de uma das ex-colônias do Extremo Oeste; um sujeito gordo de rosto vincado (Ender sussurra que se trata de um empresário importante, dono de uma fábrica de iogurte); um casal novinho que Gastón tem a impressão de reconhecer como clientes do restaurante de Max; e um velho que se apresenta como sendo vereador do distrito. Todos falam ao mesmo tempo e desordenadamente sobre as "últimas mensagens recebidas", as "ins-

truções enviadas pelos visitantes do espaço", explica-lhe o médio-
-oriental.

Gastón se distrai por dois bons motivos: porque tudo aquilo soa a uma fantasia infantil e porque fica tramando como poderia se aproximar do velho, o vereador, para tentar consultá-lo sobre a requalificação do terreno da horta. Não consegue pensar claramente em meio ao burburinho e, antes que consiga se decidir, Ender o cutuca com o cotovelo chamando sua atenção.

— Vai começar — avisa.

No porão do bar, o líder da Sociedade acaba de fazer sua aparição, seguido de um grupelho que ele parece levar pela coleira. Não conseguimos vê-lo direito, porque as pessoas se aglomeram em torno dele; Gastón estica o pescoço para nos ajudar a identificá-lo, para que possamos observar seu rosto. Ele acha que é um ex-professor da escola de Pol, que foi expulso anos atrás por não seguir o programa de estudos e, em vez disso, doutrinar os alunos com as teorias mais extravagantes. Gastón sabe que deve aproveitar a movimentação para escapulir; diz a Ender que vai ao banheiro e se esgueira sem ser visto por mais ninguém.

É um banheiro individual, minúsculo, onde a pessoa pode lavar as mãos enquanto está sentada no vaso. Gastón tranca a porta, baixa a tampa da privada e se senta para tentar escutar, mas só consegue entender, entre as múltiplas conversas, frases isoladas, aleatórias, palavras soltas, mais próprias da ficção: "expedicionários", "missão de reconhecimento", "contatados", "chefe da missão peninsular". Tenta recordar a posição do banheiro, a localização das escadas, o ângulo de visão do salão; devia ter saído logo, em vez de se trancar no banheiro. Se Gastón fosse um homem mais calculista, mais desconfiado, mais paranoico, não estaria nessa situação; mas as melhores aventuras acontecem com gente que não está preparada, pessoas comuns que não têm motivo para imaginar que acabarão trancadas num banheiro enquanto do lado de fora ocorre uma reunião de contatados por uma civilização extraterrestre.

Fora se faz um silêncio que, como podemos adivinhar facilmente, antecede o discurso. Gastón calcula que, se o orador está de frente para o público, deve estar de costas para o banheiro e a escada. Sente um formigamento nas pernas adormecidas e conclui que não deve se deixar dominar pela indecisão, pois do contrário acabará paralisado; deve aproveitar o início do discurso, quando os presentes ainda estarão atentos, concentrados; tem que sair imediatamente. Levanta-se, destranca a porta com cuidado, abre-a devagar, cruza o corredor como a sombra de um gato e chega às escadas.

56.

A Sociedade de Amigos dos Visitantes do Espaço tem um blog, que não é atualizado faz alguns anos, mas que ninguém se deu ao trabalho de tirar do ar. Deitado na cama, no escuro, Gastón confirma a identidade do ex-professor de Pol nas fotos de seus encontros, uma verdadeira coluna social, e a luz da tela nos faz piscar para proteger as retinas; para um grupo secreto e conspiracionista, fazem bastante publicidade de suas iniciativas. Lendo as antigas postagens, ficamos sabendo que o ex-professor chegou a se candidatar à prefeitura da cidade por uma plataforma contra o fascismo universal que propunha a legalização incondicional de todos, reptilianos, artrópodes e *greys*.

Antes de pegar no sono, Gastón recebe uma mensagem de Ender: "Por que você não ficou? Por tua culpa me cobraram o ingresso". Seu primeiro impulso é ignorá-lo, mas reconsidera a decisão a tempo. "Sinto muito", escreve, "foi uma emergência, um amigo com problemas", mente. Faz uma pausa para pré-fabricar em sua cabeça as frases seguintes, a simulação de naturalidade de que precisa para atenuar o pedido. "Preciso de um favor", escreve, "sabe o vereador que." Para, volta atrás e apaga tudo o que escreveu. "Não se preocupe", reescreve, "passo na loja amanhã e te dou o dinheiro, foi uma emergência, sinto muito." Envia a mensagem, desliga o celular, dá boa-noite a Gato, que ele teve que pegar no colo para levar da sala até o colchãozinho ao lado da cama, e fecha os olhos para nos avisar que por hoje é só, que está exausto (temos consciência de tudo o que aconteceu num único dia?), que esta história continuará amanhã, ou seja, na próxima página.

57.

Gastón recebe o meme na horta, numa pausa que faz para descansar as costas; está extraindo da terra as cebolas alongadas e empilhando-as nas caixas que utiliza para a entrega. Na tela do celular, observamos que Yu está teclando, imaginamos que atrás do balcão do bazar, aproveitando a ausência de clientes no início da manhã. "HAHAHAHAHA", diz a nova mensagem, "HAHAHA-HAHAHAHA."

"Que foi?", responde Gastón, que nem chegou a baixar a imagem da piada (conseguimos ver que se trata de uma fotografia, com o texto em caixa-alta acima e embaixo que caracteriza os memes); espera a resposta enxugando o suor e calculando que lhe resta menos de uma hora de trabalho para acabar de colher as cebolas alongadas dessa leira.

Yu digita demoradamente. Ele leva tanto tempo para completar a mensagem que duvidamos de suas capacidades sintáticas e narrativas, e, quando ela finalmente chega, vemos que se trata de uma sequência de emoticons. Gastón não pretende responder, não quer dar sinais de consentimento, deve evitar que de agora em diante o extremo-oriental o bombardeie com sua correspondência humorística. Dá uma olhada no abrigo de ferramentas, onde Gato está deitado; bloqueia a tela, guarda o celular, recoloca as luvas, empunha a enxada e se prepara para continuar afofando a terra em que estão enterradas as cebolas alongadas. Antes de retomar a tarefa, porém, dois de seus bilhões de neurônios realizam uma sinapse para adverti-lo do que ele mal viu de relance, algo em que quase não reparou e que pode significar alguma coisa. Um dos emoticons. O desenhinho de um extraterrestre; a representação singela e inofensiva de um humanoide *grey*, para sermos mais exatos.

Deixa cair a enxada, tira as luvas e volta a puxar o celular. Baixa a imagem do que pensávamos ser um meme: é uma foto do homem mais velho. "TRÊS DA TARDE", lemos no alto. E embaixo: "ENTRADA PARQUE HISTÓRICO".

Observamos com atenção a série de emoticons, tentando decifrar a mensagem. Alguns parecem fazer algum sentido, como um olho, que supomos significar que Yu viu ou descobriu alguma coisa; uma sequência de papéis e cadeados, que falariam de documentos arquivados, ou melhor, de informação secreta; e o já citado humanoide *grey*. Mas notamos esses farrapos de sentido em meio a dezenas de carinhas sorridentes ou sofredoras, de bichos (cachorros, gatos, macacos, polvos, unicórnios, pintinhos), flores, frutas (maçãs, morangos, kiwis, pêssegos, melancias), bolas de futebol, aviões, ursos de pelúcia e, como se não bastasse, corações de várias cores (vermelhos, verdes, azuis, amarelos). Gastón bufa, e a saliva que espirra na tela é uma prova de que a situação o exaspera, de que não queria começar a brincar de filme de espionagem com o extremo-oriental; em seguida suspira e balança a cabeça, condicionado pelos estereótipos de atuação, pretendendo justificar-se com esse gesto, expressar que não lhe resta outro remédio, como se alguém o estivesse vendo, como se ele nos devesse explicações.

58.

Gastón segue o vereador, da recepção até uma sala de reuniões, vinte minutos depois da hora combinada. Está impaciente, não tanto por causa da espera, previsível na faina burocrática de uma manhã qualquer, mas por ter deixado Gato sozinho na horta. O vereador atravessa os corredores da sede do distrito a um ritmo acelerado, como que simulando pressa, ou talvez esteja mesmo muito ocupado; Gastón duvida disso, do contrário não poderia recebê-lo imediatamente, pouco depois que Ender lhe telefonou pedindo que o fizesse.

No porão do bar, o vereador nos pareceu mais velho do que é na realidade, um sessentão mais perto dos sessenta que dos setenta. Por seu jeito simples de se vestir, como um escriturário, diríamos que hoje não tem nenhuma atividade protocolar agendada, ou nada que seja de sua responsabilidade. A sala de reuniões também não é pomposa; a única coisa que a distingue de qualquer sala onde se reúnem burocratas, executivos, empresários ou profissionais liberais é que num canto há uma bandeira da cidade (e bem desbotada, diga-se de passagem).

Gastón fecha a porta de vidro atrás de si, e o vereador, com uma excitação que mal pode controlar, ou melhor, que não consegue controlar, mostra-lhe o celular com ar triunfal.

— Tenho uma nova mensagem — diz —, chegou hoje de madrugada.

Senta-se à cabeceira, sem parar de deslizar os dedos pela tela do celular. Gastón se acomoda na cadeira ao lado, embora o vereador não o tenha convidado: são os usos e costumes da cidade, a ausência de cortesia, esses códigos bárbaros que agora, depois de muitos anos, ele aceita de maneira automática, sem questioná-los.

— Escuta só — diz o vereador, pondo o celular sobre a mesa, perto de Gastón.

Antes de o som surgir, conseguimos ver que se trata de uma gravação enviada através do aplicativo de mensagens instantâneas. Em seguida ouvimos uma voz metálica, distorcida com um desses programas que costumam ser usados na televisão para ocultar a identidade de testemunhas ou denunciantes, se bem que neste caso a deformação é tanta que torna ininteligível a maior parte da mensagem. "Violência", entendemos, ou talvez "não violência"; "rebelião", "missão", "expedição", por algum motivo as palavras oxítonas são mais fáceis de entender nesse nível de distorção. Como se não bastasse, a mensagem é constantemente interrompida por ruídos de interferência que nos lembram outras épocas, meios de comunicação arcaicos como o rádio ou o walkie-talkie.

— Essa é das longas — diz o vereador, pegando o celular e pausando a reprodução da mensagem —, quase oito minutos. Você recebeu algo esta noite?

Fecha o aplicativo de mensagens e guarda o celular rapidamente para se concentrar na resposta de Gastón.

— Ainda não recebi nenhuma mensagem — responde Gastón.

O vereador sorri ao constatar que ele é um dos poucos eleitos e que Gastón, dentro da hierarquia do grupo de contatados, se encontra em situação de inferioridade. Poderia agir com arrogância, mas prefere a condescendência, dizendo que, se quiserem contatá-lo, logo devem lhe enviar alguma mensagem e, se não lhe enviarem nada, também não há problema, que cada um tem uma função diferente na missão e que todas elas são importantes. "Transcendentes", é a palavra que ele escolhe para ressaltar sua importância. Quando termina seu discurso de consolação, faz-se um silêncio que é como um ponto para mudar de parágrafo e de assunto, um silêncio que substitui a pergunta que o vereador deveria fazer e que não faz, o convite para que explique o motivo de sua visita, o que obriga Gastón a tomar a iniciativa.

Em vez de fazer diretamente a consulta, Gastón começa a lhe falar do restaurante de Max, da horta, do cultivo dos pimentões que Max usava no preparo do molho para os *nachos* e outros pratos de sua terra natal, de sua amizade de trinta anos.

— Eu te recebi aqui porque o Ender me disse que você é do grupo — interrompe o vereador, que de repente, ao escutar toda essa narrativa costumbrista, teme que haja um mal-entendido.

Gastón responde que sim, sim, um sim vago e apressado, que ele espera que sirva para tranquilizar o vereador, para no mínimo ter a chance de explicar seu problema. A verdade é que convencer Ender a ajudá-lo lhe custou o preço dos dois ingressos na reunião dos contatados, o de Ender e o de Gastón, para acalmar o médio-oriental, que o acusava de prejudicá-lo com sua fuga.

— Meu plano — diz Gastón afinal, depois de muitos rodeios — é construir um restaurante na horta.

— Não há licenças de requalificação de uso do solo — diz o vereador, em tom de tédio, sem esperar que Gastón termine sua explicação. — Estão proibidas até segundo aviso. Até a próxima troca de governo, sabe como são essas coisas.

Outro silêncio, que desta vez parece um ponto-final, mudança de capítulo, algo que implicaria uma desilusão, um novo obstáculo. Gastón fica observando o vereador com atenção, avaliando se sua negativa é autêntica ou se é uma estratégia para aumentar o valor de sua intercessão. Gastón deveria lhe perguntar, inocentemente, se não há nada que possa ser feito, abrir uma exceção, algum jeito de contornar a proibição? Hesita por cinco, dez, quinze segundos, tempo que o vereador aproveita para acionar o senso comum, tão parecido, às vezes, com a telepatia.

— Não sei como resolvem essas coisas na sua terra — diz —, mas aqui cumprimos a lei. Peço ao senhor que não diga nada que me obrigue a registrar uma tentativa de suborno.

Dentre todos os motivos que há para se ofender com o que o vereador acaba de dizer, o que mais magoa Gastón é a mudança do tratamento, essa transição do informal ao formal que simboliza a perda de confiança e familiaridade, uma degradação que pretende humilhá-lo. Gastón empurra a cadeira para trás, levanta-se e, aproveitando a advertência do vereador, não abre a boca nem para se despedir.

59.

Yu está camuflado entre um grupo de turistas extremo-orientais, de cabeça baixa e fitando a tela do celular, e Gastón não sabe se está brincando ou levando muito a sério o papel de espião. Está de boné e óculos escuros, imaginamos que escolhidos ao acaso no bazar, já que as duas peças não combinam entre si nem com o resto da indumentária. Gastón para a poucos metros da entrada do parque Histórico, Gato percebe que a tensão da coleira diminui e imediatamente se deita sobre as lajotas de flor da calçada.

O extremo-oriental não levanta a cabeça, absorto no celular, ou fingindo estar, de longe não podemos saber ao certo. Gastón espera que o outro reaja e o identifique, enquanto os turistas passam a seu lado, esquivando-se do cachorro, que obstrui o caminho.

"Levanta a cabeça", digita Gastón em seu celular e lhe envia a mensagem; não quer se aproximar do grupo de turistas, não por precaução nem por fobia, mas para não dar corda ao extremo-oriental, para não alimentar seus mistérios infantis. Mas Yu não faz o que ele diz; em vez de esquecer o celular e procurar Gastón com os olhos, responde com um emoticon, na verdade dois: dois homens correndo, como se um fosse um atrás do outro. O extremo-oriental se afasta dos turistas extremo-orientais e empreende uma marcha vigorosa pela rua lateral do parque. Gastón bufa, puxa a coleira para avisar Gato e começa a perseguição.

Contornam o muro perimetral do parque, uma sobreposição de pedras de aparência primitiva que supostamente marca a fronteira entre o presente e o passado. Vemos as costas do extremo-oriental ao longe, esquivando-se dos turistas que aproveitam o sinal da rede pública para confirmar ao mundo sua existência através do celular. Aonde o extremo-oriental está indo? O que ele pretende? O fluxo de turistas diminui conforme se afastam das entradas do parque; ele deve estar levando-o para algum ponto afastado onde possam conversar sem que ninguém os veja, especula Gastón, que pensa, agitado pelo esforço de manter o ritmo da perseguição, que é bom que toda essa palhaçada tenha um motivo sério.

Ao chegar à esquina ocidental do parque, Yu vira para o poente, contrariando a rotação da Terra, e segue pela trilha de terra que, como Gastón percebe, leva ao mirante. Por fim, o extremo-oriental para e se senta num dos bancos onde os turistas tomam lanche e sobem para fotografar a cidade.

Ainda à distância, à medida que se aproxima e vê o extremo-oriental com as mãos nos bolsos da jaqueta, os olhos ocultos atrás dos óculos escuros e o rosto meio encoberto pelo boné, Gastón pensa que juraria ter visto essa cena antes, dezenas de vezes, no cinema e na televisão. Em volta, os turistas conversam em algumas línguas que entendemos, com sotaques estranhos, e em outras que ignoramos. Não é um lugar para se esconder, como prevíamos, mas é, sim, um lugar para tentar passar despercebido.

— Continua acordado — diz Yu, olhando para Gato, quando Gastón se senta a seu lado.

Gato se deita aos pés de Gastón, que respira pesadamente tentando recuperar o fôlego. O extremo-oriental inclina-se para a frente e afaga a cabeça do cachorro.

— Você é mau amigo — diz a Gastón.

Antes que Gastón tenha tempo para dizer alguma coisa, se é que pretendia argumentar em sua defesa, Yu volta a falar.

— Quem é ele? — pergunta.

— Quem? — devolve Gastón.

— Você sabe quem é ele? — diz Yu.

— Quem? — repete Gastón, não porque não saiba de quem o extremo-oriental está falando, mas como estratégia para ganhar tempo, para que o extremo-oriental lhe explique suas suspeitas.

— Você viu o que está acontecendo — diz Yu —, é gente que não nos quer aqui. Primeiro quebraram as vidraças, picharam os muros das nossas lojas, depois nos roubaram e ameaçaram.

Pelo visto, ou melhor, pelo que ouvimos de Yu, os extremo-orientais estão se organizando e procuraram ajuda jurídica depois que a polícia considerou os ataques simples casos de vandalismo de autoria não identificada. Até agora, uma das pistas que seguiram, a mais relevante na realidade, é a do homem mais velho.

— Falamos com ele — diz o extremo-oriental.

Faz uma pausa dramática ou, talvez, para ver como Gastón reage.

— Disse que está aqui por causa do filho do Max — diz o extremo-oriental —, mas não acreditamos nele; quando o apertamos, começou a falar em bactérias, diz que fazem pesquisas sobre a vida extraterrestre, mas não pode explicar mais, porque é informação sigilosa. Só bobagem, e quero que você me diga o que está acontecendo. Você sabe o que está acontecendo.

O extremo-oriental tira os óculos escuros e procura os olhos de Gastón, como que calculando se pode confiar nele. Apesar do pudor que sente por se aproveitar do mal-entendido, Gastón reconhece que é conveniente neste momento. Olha em volta, confirmando que esse encontro ficará registrado em dezenas de fotografias de turistas, embora a probabilidade de que alguma dessas imagens, publicada nas redes sociais, chegue a delatá-los é mínima. Estica as pernas para poder tirar o celular do bolso da calça; desbloqueia a tela e navega pelos ícones até localizar um telefone na agenda. O advogado camponês.

— Eu posso te dizer quem está por trás de tudo — diz Gastón, mostrando-lhe os dados na tela —, mas você também tem que me ajudar.

Antes de copiar os números na agenda do celular, o extremo-oriental quer saber o preço.

— Não tire os olhos de cima dele — responde Gastón. — Eu aviso quando precisar de você.

60.

— Se os marcianos fossem invadir a Terra, como eles fariam? — pergunta a adormecedora.

Estão encostados na alfarrobeira, sentados um ao lado do outro, quase se tocando, quase ombro contra ombro, vendo Gato mergulhar placidamente em seu sono de morfina. Estão tomando uma terceira cerveja e erguendo um morrinho de cascas de pistache.

— Marcianos? — responde Gastón. — Não há vida em Marte.

— Ou venusianos, ou das luas de Júpiter — diz a adormecedora —, de onde forem!

A brisa agita suavemente os ramos da árvore e uma alfarroba, ainda verde, se desprende e cai sobre o corpo do cachorro, que não se altera. A adormecedora toma um longo gole de cerveja, esmaga a lata com a mão direita, suspira, satisfeita. É boa de copo, notamos, uma dessas pessoas que o álcool acalma, torna mais suscetível a perceber o continuum do tempo, o fato de que nada importa se você o puser na dimensão adequada, de milhões de anos, por exemplo. O tema da vida extraterrestre na verdade não lhe interessa, mas, pelo visto, e pelo que escutamos, desde que Gastón o mencionou ela se dedicou a ler todo tipo de teorias na rede, talvez por curiosidade, talvez para ter assunto de conversa quando adormece o cachorro.

Gastón descreve a típica cena a que a ficção nos acostumou: naves espaciais, robôs alienígenas, armas de extermínio que utilizam tecnologias desconhecidas, uma guerra planetária, a devastação da Terra, nossa extinção.

— Mas por que iriam destruir a Terra — responde a adormecedora —, se a intenção dos invasores é se apossar dos recursos, tomar conta do planeta, explorá-lo como uma colônia?

A adormecedora explica que, por pertencerem a uma civilização superior, os extraterrestres atuariam a longo prazo, que dedicariam milhares de anos a conhecer a Terra e a se adaptar; que se fariam passar por terráqueos e ocultariam suas diferenças evolutivas, apesar da dificuldade de manterem em segredo sua inteligência superior; que formariam um povo nômade, desarraigado, emigrante, para assim se espalharem por todo o planeta.

— Talvez sejamos nós os extraterrestres — conclui a adormecedora, caricaturando a pronúncia do "r" da palavra "extraterrestres", transformando-o no "l" que marca o estereótipo fonético com o qual se espera que os extremo-orientais falem a língua colonizadora.

Os dois riem com vontade.

— Eu gosto disso — diz a adormecedora, olhando em redor. — Ficaria com isso, fundaria aqui minha colônia.

A verdade é que a horta, agora, com as colheitas em andamento, não é um lugar particularmente bonito (parcelas de terra remexida onde antes havia pés de cultivo), mas a adormecedora não está falando da paisagem, e sim da calma, da temperatura, do silêncio, do vento, do cheiro da terra. Gastón a observa sem dissimulação, ele não é tão bom de copo e pode ser que esteja começando a aventurar interpretações, a decifrar supostos duplos sentidos, a acreditar que a aranha vascular no rosto da adormecedora é sinal de alguma coisa, a chave de uma charada ou um segredo.

— Você está se insinuando? — diz Gastón, meio de brincadeira, meio a sério, como costumam ser ditas as imprudências.

— Somos proibidos de acasalar com nativos — responde a adormecedora —, sinto muito.

Gastón desloca o corpo em direção à adormecedora e a empurra com o ombro, sacudindo-se com as gargalhadas.

— Mas posso aceitar mais uma cerveja — diz a adormecedora.

61.

Uma chamada urgente de Max, pedindo para Gastón ir à farmácia, quando ele está afofando a terra da leira onde colheu as cebolas alongadas. Comeram alguma coisa estragada, explica, e os três, Pol, Max e seu pai, estão com diarreia e vômitos. Um pouco de febre e dores no corpo. Gastón já se prepara para se desculpar, mas percebe a tempo que Max não sabe que foi ele, Gastón, quem colocou no freezer a comida que achou que ainda estava em bom estado. Max pede que ele deixe a sacola com os remédios na caixa de correspondência na entrada do prédio e que o avise quando fizer isso. Desliga logo em seguida, sem dar tempo para que Gastón lhe responda, lembrando que tem um jogo de chaves.

Gastón limpa a tela do celular, suja de terra, esfregando-a na calça. Tira as luvas e faz uma ligação.

— Preciso que você o distraia — diz, sem introdução nem cumprimento.

— O que aconteceu? — responde o extremo-oriental.

— Preciso visitar o Max e não quero que o sujeito me veja entrar no prédio — replica Gastón.

— Agora ele está no bar — diz Yu —, no mesmo lugar de sempre.

— Daqui a vinte minutos — responde Gastón, e desliga.

Vai até o abrigo de ferramentas para ver se ainda tem farinha de polpa de alfarroba. Há o bastante para os três, para dois dias de tratamento. Pega o saco plástico, coloca-o dentro de uma sacola de lona e explica a Gato que é melhor ele ficar, pois precisa ir rápido. Renova a água da tigela, põe um punhado de guloseimas de carne ao alcance de Gato, que observa sua movimentação estirado no colchãozinho.

— Volto logo — diz, e sobe a trilha que o leva até a saída da horta.

62.

Olha para a outra esquina, a do bazar de Yu, para o bar em frente, mas não vê o homem mais velho. Aparentemente, o extremo-oriental é digno de confiança. Gastón se precipita até a entrada do restaurante e aciona o interruptor da persiana. Lá dentro, o pai de Max está debruçado sobre o balcão, olhando seu celular.

— Cadê o Max e o Pol? — pergunta Gastón, ao descobrir que não há mais ninguém ali.

— Estão lá em cima — responde o pai de Max. — Quer uma cerveja?

— São dez e meia da manhã — diz Gastón.

— Sério? — replica o pai de Max, dirigindo-se à geladeira. — Quer ou não quer?

Gastón diz que não.

— Senta aí — ordena o pai de Max —, preciso falar com você.

Instalam-se junto ao balcão, o pai de Max do lado do barman, com a garrafa de cerveja e um pratinho de *nachos*, e Gastón do lado dos clientes, tendo entre seus pés o vazio de Gato, que deveria estar acomodado ali, como sempre.

— Você sabia que o Max está quebrado? — pergunta o pai de Max.

— Como? — responde Gastón, surpreso.

— Esse imprestável só tem dívidas — diz o pai de Max. — Ele não te deve nada?

É impossível que lhe deva qualquer quantia, pensa Gastón, pois faz muitos anos que o dinheiro deixou de existir entre eles. Gastón cultivava os pimentões para Max e em troca recebia comida e cerveja; a relação de cliente e fornecedor durou muito pouco, pouquíssimo, só até o dia em que os códigos de cortesia da terra natal de Max o impediram de cobrar de Gastón a conta no restaurante, e o outro, retribuindo a gentileza, recusou o pagamento da fatura seguinte.

Não é preciso, porém, que Gastón conte nada disso ao pai de Max, que já está explicando que seu plano era passar pela cidade para se capitalizar, para receber os dividendos que lhe cabiam por seu investimento (são essas as palavras que ele utiliza, por mais que não nos agradem); que as contas bancárias que ele tem em sua terra natal estão bloqueadas, que contava com o dinheiro que Max lhe devia e que agora está de mãos atadas.

— Ele dilapidou meu patrimônio — diz o avô de Pol, acusando Max com a mesma frase que antecipamos capítulos atrás.

Em seguida o vemos tomar um longo gole de cerveja, depositar a garrafa de volta no balcão, com firmeza, estalar a língua, bufar.

— Eu sabia — diz o pai de Max. — Não dá para contar com ele. E agora vai sair correndo feito um moleque e me deixar na mão.

— Vou subir para falar com eles — diz Gastón, que sabe por experiência própria que é bom cortar logo a conversa do pai de Max, para não ter que suportar seu discurso de ódio, a superioridade que se atribui por ter nascido antes, numa época de heroísmos e certezas viris, e se ergue arrastando o banco para trás.

— Espera — diz o pai de Max.

Gastón interrompe a escapada.

— Você pode me emprestar um dinheiro?

O pai de Max lhe explica que precisa viajar para um lugar onde ele tem várias contas não identificadas, um dos paraísos fiscais do centro do Ocidente. Que de lá poderá devolver o dinheiro fazendo uma transferência anônima, que inclusive está disposto a lhe pagar uma generosa comissão. Tudo isso lembra a Gastón aquela fraude que recebemos tantas vezes por e-mail, com o apelo de uma viúva que não pode receber uma herança ou do príncipe do Sul que precisa de sócios para retirar uma fortuna de seu reino.

Quanto custará ajudar o pai de Max?, Gastón se pergunta, embora, na verdade, esteja mais interessado em saber quanto terá que dar a ele para que desapareça. Faz um rápido cálculo de cabeça, somando despesas de transporte, hotel, alimentação, em alguma cidade a umas tantas horas de distância, imaginamos, em qualquer desses enclaves secretos que só constam nos mapas por escrúpulos de fidelidade geográfica.

— Quanto? — pergunta Gastón.

O pai de Max pega um guardanapo e rabisca um número. É um pouco mais do que Gastón calculou.

— Em dinheiro vivo — esclarece o pai de Max — e notas pequenas.

De repente é como se nos encontrássemos dentro de uma trama de mafiosos: o restaurante vazio, na penumbra, e esse velho inchado, bebendo cerveja logo de manhã e dando instruções para Gastón como se estivesse cobrando uma extorsão ou o resgate de um sequestro. Na realidade, há um pouco do primeiro.

Gastón pega o guardanapo e o enfia no bolso da calça, embora já tenha memorizado a cifra, para que o pai de Max interprete que considerará seu pedido sem necessidade de responder agora. O pai de Max lhe pede o remédio, diz que está farto de ficar no banheiro, que por isso desceu ao restaurante, para não ter que brigar pelo trono com Max e Pol. Gastón explica que o que ele trouxe é um remédio natural, que terá de prepará-lo. O pai de Max volta a bufar, agora mais forte.

63.

Não atendem a campainha, e ele tem que usar a cópia da chave que guarda junto com as do restaurante. Ao empurrar a porta, percebe que algo o impede de abri-la; imagina que Pol ou Max se sentou ali para defender o acesso à fortaleza.

— Sou eu, Gastón — sussurra, participando da paranoia e da conspiração, por inércia ou imitação, para respeitar as regras do gênero.

Aproxima o ouvido à fresta, mas não escuta nada. Volta a empurrar, primeiro com precaução, depois com força, mas só consegue entreabrir a porta. Fica de lado, encolhe a barriga para tentar passar, e vemos que o que obstrui a entrada é uma pilha de caixas. Há mais, no hall de entrada e no corredor que leva à sala.

— O que está acontecendo? — pergunta Gastón quando chega à sala, depois de contornar os obstáculos.

As persianas estão fechadas e todas as luzes, acesas, como se fossem onze horas da noite, e não da manhã. Pol está deitado no sofá, representando com fidelidade o papel de doente, sepultado sob várias mantas, embora faça mais calor do que frio; Max vai e vem pelo apartamento, está classificando papéis, colocando alguns dentro de caixas, outros em enormes sacos pretos de plástico reforçado, daqueles que usava no restaurante para o lixo (pela rapidez com que realiza o procedimento, não parece seguir um critério muito rigoroso).

— Você viu meu chefe? — replica Pol. — Continua vigiando a saída?

É sintomático que Pol chame o portão do prédio de saída e não de entrada. A saída: a rota de fuga. Gastón decide omitir sua aliança com o extremo-oriental, como um pai superprotetor que prefere manter o filho na inocência sobre suas manobras.

— Você trouxe o remédio? — pergunta Max.

Há objetos empilhados sobre a mesa da sala de jantar, roupas amontoadas pelos cantos, quadros despendurados, encostados nas paredes. Sente-se um cheiro de lençóis suados, de umidade, de poeira bolorenta, o odor das coisas que permaneceram esquecidas, do tempo remexido.

— O que está acontecendo? — repete Gastón.

— Preciso saber se ele continua lá — diz Pol.

— Você precisa de alguma coisa? — Max pergunta a Gastón. — Pode levar o que quiser.

Gastón se aproxima de Max, tem que persegui-lo, interpõe-se em seu caminho, obriga-o a parar.

— O que está acontecendo? — volta a perguntar, embora ele já saiba a resposta (escutamos o fluxo de seus pensamentos, ou melhor, de seus temores), mas acha que merece uma explicação.

Max põe a mão direita em seu ombro para não olhá-lo nos olhos.

— Vamos voltar para casa — diz Max —, depois de amanhã. Já temos as passagens. Vou falar com os compradores do restaurante, os norte-orientais ou seja lá o que forem — continua, sem dar tempo para que Gastón pergunte onde ele pensa que fica sua casa. — Eles que fiquem com tudo o que tem lá dentro, que vejam o que serve, e que joguem fora o que não servir, eu não vou ter tempo para cuidar disso.

— Quando você resolveu ir embora? — pergunta Gastón, que prefere usar o verbo que considera apropriado, e não o falso voltar.

— Faz tempo que venho pensando no assunto — diz Max —, não é de hoje que o restaurante vai mal.

— Como? — responde Gastón, que não sabe de que modo reagir e acha que merece uma explicação melhor.

Max lhe diz que a cidade está infestada de restaurantes de sua terra natal e que, como se não bastasse, agora todo mundo faz *nachos* e molho de abacate, até os bares extremo-orientais.

— Mas para onde você vai? — pergunta Gastón.

— De cara, vou para perto da minha mãe — diz Max. — Ela precisa da gente, está muito velha, não pode ficar sozinha.

— Ela tem outros filhos e netos — replica Gastón, aferrado à negação.

— A culpa é tua — diz Max. — Você a assustou mandando mensagens, foi ela que me convenceu a voltar.

— Você não me disse nada — replica Gastón.

— Vocês dois parecem um casal de velhos — diz Pol, que os observa do sofá.

Juraríamos que Max também pensa no que está passando pela cabeça de Gastón ao olhar para Pol, que treme embaixo das cobertas e exala um leve mas persistente fedor (deve estar há vários dias sem banho, seguindo o exemplo de Max): que, se fossem mesmo um velho casal, teriam fracassado na educação do filho que criaram juntos.

— Pensei que você queria abrir comigo um restaurante na horta — diz Gastón, ignorando o comentário de Pol.

— Como? — responde Max.

— Outro dia você puxou o assunto da requalificação do terreno — diz Gastón —, imaginei que podíamos construir um novo restaurante lá.

— Eu só falei nisso porque o Biel me procurou — responde Max.

— Quem? — pergunta Gastón.

— Ele me contou que você foi à imobiliária — responde Max —, que queria comprar um ponto, e falou que eu devia te convencer a requalificar o terreno, que agora o mercado estava quente e era um bom momento para alterar o uso e pôr à venda.

— O Biel é um farsante — diz Pol.

— Eu sempre falei para você fazer isso — Max insiste com Gastón, sem olhar para Pol —, mas você nunca me ouviu. Precisa pensar na aposentadoria.

— O Biel não me disse que tinha falado com você — diz Gastón.

— Igualzinho a um casal que não conversa — diz Pol.

64.

Desce as escadas às pressas e a cada degrau aumenta a intensidade do seu pressentimento. Se fôssemos rigorosos, diríamos que, mais do que um pressentimento, é uma conclusão, a consequência de ligar os pontos, de fiar a lógica do relato. Logo tem a confirmação; na entrada do restaurante, a caixa de correio transborda de correspondência. Gastón introduz a ponta dos dedos pela fresta e puxa os envelopes que estão ao alcance: faturas vencidas, avisos de embargo, notificações judiciais, ameaças de fornecedores.

Max vai escapar da cidade enquanto pode. Vai fugir do presente que o ameaça para o passado. Gastón estaca antes de abrir a porta da rua. Pega o celular no bolso da calça e faz uma ligação.

— Vou sair — diz —, preciso de cobertura.

— Espera — responde o extremo-oriental —, estou com clientes, só cinco minutos. Daqui a pouco faço uma chamada perdida.

65.

Abre o portão da horta, entra e volta a fechá-lo, passando o cadeado, enquanto tenta calcular o tamanho da dívida de Max, se conseguiria convencê-lo a aceitar sua ajuda, a não fugir, a ficar. Desce pela trilha que leva ao abrigo de ferramentas e, a uns cinco metros de lá, já percebe: Gato não está respirando. Continua em seu colchãozinho, exatamente como o deixou poucas horas atrás, na mesma posição, deitado sobre o lado direito, com as patas dobradas, encolhido, de olhos fechados, com as guloseimas de carne intactas a poucos metros do focinho.

Gastón não pensa a mesma coisa que nós poderíamos arriscar, ávidos por dar sentido a tudo: que Gato escolheu esse momento para morrer; que agonizou sozinho para poupar Gastón da dor de contemplá-lo; que preferiu se adiantar agora que Max e Pol estão indo embora; que tudo isso representa o fim de uma época. Gostaríamos de acreditar que foi assim, defender a sensibilidade do cachorro, e até certo sentido paranormal, mas não nos enganemos, essas são conjeturas românticas para nos consolarmos. A primeira reação de Gastón, ao contrário, é se culpar:

ele falhou com Gato, devia ter ficado lá, fazendo-lhe companhia. Senta-se no chão do abrigo de ferramentas, ao lado do cachorro, do seu corpo ainda morno, e começa a afagá-lo na cabeça e no dorso.

Nós vamos deixar os dois sozinhos, não temos o direito de ficar aqui agora, vamos meter o nariz em outro lugar; caminhar até a alfarrobeira, de costas para Gastón e o corpo de Gato; ficar ali contemplando a cidade, sem olhar para trás; demonstrar um pouco de pudor, de decência; provar que até ao escrever ficção é preciso respeitar uma moral e uma ética.

66.

Em cada pausa que Gastón faz para descansar os ombros, confere o celular. Pretende continuar cavando enquanto as raízes da alfarrobeira permitirem, quanto mais fundo, melhor, e assim também vai fazendo hora até Max e Pol responderem. Não quer enterrar Gato sozinho, deve ser em família, é assim que o cachorro gostaria. Mas Max e Pol ignoraram suas chamadas, ou não repararam nelas. Acabou enviando uma mensagem pedindo para se comunicarem com urgência. Enquanto isso, Gastón continua fincando a pá na terra, ritmadamente, com decisão mas sem raiva, sem fúria, resignado.

Quando finalmente sente a vibração do celular no bolso da calça, atende direto, sem olhar a tela.

— Gastón? — escutamos a voz de uma mulher que lhe explica, atropeladamente e com sotaque cone-sulino, que é sua prima, a esposa de seu primo, do filho da irmã do pai de Gastón, e pede para ele não desligar, que é muito importante que a escute.

Gastón resmunga um cumprimento e responde que não é uma boa hora, mesmo.

— Não há tempo a perder — diz a prima, que volta a insistir na urgência da situação.

— O que aconteceu? — pergunta Gastón, que, apesar das circunstâncias, consegue raciocinar que, antes de desligar e bloquear a prima, não seria má ideia saber o que ela quer.

A prima lhe diz que dois de seus sobrinhos (sobrinhos de ambos), quer dizer, filhos de um dos irmãos de seu marido, ou, para entendermos melhor, filhos de um dos primos de Gastón, moveram uma ação contra ele para despojá-lo das propriedades que herdou do pai.

— Obrigado por me avisar — interrompe Gastón —, vou falar com um advogado.

— Você não está entendendo — replica a prima —, parece que já se esqueceu de como são as coisas aqui.

A acusação ofende Gastón, como todas as frases que aqueles que ficaram usam para expressar seu rancor e ressentimento contra quem foi embora, como se a permanência no mesmo lugar lhes conferisse superioridade. Gastón se lembra bem da cantilena de seus parentes nas poucas ocasiões em que teve contato com eles desde que deixou o Cone Sul: "Para você é muito fácil palpitar, porque não mora aqui", "as coisas não são mais como antigamente", "só estando aqui para saber", "é fácil ir embora".

— Gastón? — pergunta a prima, temendo que a ligação tenha caído.

— Sim — responde Gastón, que já começa a imaginar a gravidade da ameaça.

— Eles compraram o juiz — diz a prima —, falsificaram as notificações para que tudo corresse sem que você tomasse conhecimento, e agora, se não comparecer à audiência, vão dar a sentença à revelia e o ganho de causa para eles. Vou mandar os documentos por uma mensagem.

— Preciso desligar — diz Gastón, duplamente preocupado: pelo que escuta e porque teme que justo agora Max ou Pol liguem de volta.

— Já estou mandando os documentos — diz a prima.

— Obrigado — diz Gastón.

— Escuta — replica a prima antes que Gastón possa encerrar a chamada —, não esquece que fui eu quem te avisou, hein? Toda a família sabia disso, e ninguém te disse nada.

67.

Sobe a trilha que leva à entrada da horta desejando que sejam Pol e Max, mas a esperança de que tenham vindo sem avisar, que tenham burlado a vigilância do homem mais velho, ou que o tenham enfrentado, intuindo a urgência da situação ao notar a insistência de suas chamadas, se desfaz quando Gastón reconhece o médio-oriental e o vereador, que esperam do outro lado do portão.

— Agora não posso — diz Gastón, apertando na mão direita o molho de chaves pendurado no passante da calça, para ocultá-lo —, estou ocupado.

— É urgente — responde Ender.

— Viemos porque essas coisas não podem ser tratadas pelo telefone — diz o vereador —, não podemos correr o risco.

Antes que Gastón acabe de especular (que talvez o vereador esteja lá para completar a conversa que tiveram na sede do distrito, com a parte em que diria que pode, sim, dar um jeito de resolver seu caso), o médio-oriental e o vereador roubam a palavra um do outro para lhe explicar o motivo da visita.

— Recebemos novas mensagens — diz o vereador.
— Dos visitantes do espaço — completa Ender.
— Instruções para um contato — diz o vereador.
— Um encontro — esclarece Ender.
— Olha aqui — diz o médio-oriental, que deveria haver dito "escuta aqui", pois acaba de tirar seu celular empenhado em que Gastón ouça uma mensagem de áudio.

Gastón olha para trás com impaciência, como que temendo que alguém possa aproveitar sua ausência para enterrar Gato às suas costas.

— Não vai abrir? — pergunta o vereador, que, ao contrário do médio-oriental, não está acostumado a que alguém lhe barre a entrada, a ser recebido com desconfiança.

— Que é que eu tenho a ver com isso? — responde Gastón, agressivamente, convertendo por um momento a onda de hormônios da tristeza em raiva, em indignação contra seus interlocutores.

O vereador estica o braço direito e aponta para trás de Gastón, para algum ponto que nos parece vago, e por um instante fantasiamos a aparição de uma espaçonave pairando sobre a horta, justo nesse momento, como uma prova; mas o vereador está apontando para algo concreto.

— É uma alfarrobeira? — pergunta.
— Aqui está — diz Ender, estendendo o celular a Gastón.
— Não tenho tempo para isso — replica Gastón, virando as costas decidido a abandonar a dupla.

Dá dois, três, quatro passos em direção ao corpo de Gato, regressando ao luto, ouvindo as queixas que tentam detê-lo.

— É aqui! — grita o médio-oriental. — O contato é aqui!
— Você não queria minha ajuda? — pergunta o vereador.

Gastón interrompe a descida para avaliar a situação. Aconteceram tantas coisas desde sua visita ao vereador que agora aquele plano parece fazer parte de outro enredo, de algo que tivesse acontecido com outra pessoa, em outra vida. Ele ainda poderia convencer Max a ficar? Quanto lhe custaria saldar todas as suas dívidas e construir o restaurante? Parece, neste momento, uma hipótese improvável, uma fantasia de felicidade que foi sendo desmentida rapidamente, em poucos dias, em poucas páginas. Será que tem remédio?

— É uma alfarrobeira? — volta a perguntar o vereador, ao notar a hesitação de Gastón.

— Já não estou interessado — responde Gastón, mas volta para o lugar de onde os escutava, evidenciando suas dúvidas.

O vereador lhe explica que todos os sinais indicam que o local do encontro é a horta de Gastón, e que a prova definitiva é a árvore.

— Há muitas alfarrobeiras por aqui — diz Gastón. — É uma árvore muito comum na cidade.

— Isso é como uma charada — replica o vereador —, fomos descartando possibilidades até que só restou a horta.

Antes que Gastón retome a palavra, o vereador faz sua proposta. Olha para os dois lados da rua, para verificar que ninguém possa escutá-lo, deixando bem claro que todo cuidado é pouco.

— Você não pode aparecer assim na repartição para pedir uma coisa dessas — diz, baixando a voz —, não é assim que se faz aqui. É preciso ser discreto. Agora tenho que solicitar que apaguem teu nome do sistema de controle de entrada. Vamos ter que esperar um pouco, até o pessoal esquecer teu rosto. Mas não se preocupe, é só uma questão de tempo. Você tem minha palavra.

O vereador faz uma pausa, olha Gastón nos olhos, procurando sua cumplicidade; aproxima-se mais um pouco do portão, pega em duas barras e enfia o rosto para dentro da horta, na direção de Gastón.

— Só pedimos que você nos deixe entrar no dia do encontro — diz.

— Já não estou interessado — repete Gastón, vira as costas e os deixa falando sozinhos.

68.

Gastón interrompe as pazadas de terra para abrir o portão para a adormecedora. Com tantas coisas acontecendo, ele se esqueceu de avisá-la, ou talvez esse esquecimento não tenha sido totalmente involuntário: talvez temesse que ela não voltasse mais, agora que o motivo de suas visitas jaz, a meio enterrar, entre as raízes da alfarrobeira.

Qual será a reação da adormecedora? Se esta fosse uma história romântica, certamente estaríamos chegando ao clímax, ao momento em que os sentimentos de Gastón e da adormecedora se revelam. Mas ainda não é possível saber se existe entre os dois algo além da camaradagem, da compaixão que ela sente por ele e da curiosidade que ela desperta nele (se bem que, devemos reconhecer, muito menos que isso é mais do que suficiente para iniciar uma relação).

A adormecedora permanece no lugar, com o portão entreaberto, quando Gastón lhe dá a notícia. Não se aproxima para abraçá-lo nem estende um braço para pousar a mão condescendente sobre o ombro enlutado.

— Você já o enterrou? — pergunta.
— É o que estou fazendo agora — responde Gastón.
— Posso te acompanhar? — replica a adormecedora.

Gastón assente, e os dois descem a trilha juntos até a alfarrobeira. A adormecedora não se intromete na tarefa funerária, limita-se a se sentar encostada no tronco da árvore e a contemplar o traslado da terra para cobrir o buraco. Cai a terra sobre o corpo de Gato, que agora será alimento da alfarrobeira, de suas bagas de seiva doce que Gastón transformará em chás e remédios.

Quando Gastón termina, deixa a pá no chão, limpa as mãos na calça e senta-se de frente para a adormecedora. Como sinal de que está chegando a primavera, hoje a adormecedora calça sandálias de couro; Gastón observa seus pés por um momento, o segundo dedo mais comprido que o dedão, um sinal de beleza clássica, e nota a unha amarelada. Ergue os olhos para o rosto dela, para a aranha vascular que agora lhe parece um labirinto ou talvez o fio para sair dele, um caminho emaranhado como o enredo desta história, e já se sabe o que diziam os filósofos da Antiguidade, que o labirinto é uma imagem da alma.

— Não me leve a mal — diz Gastón.
— Não diga nada que eu possa levar a mal — responde a adormecedora.
— Vou te dar um presente para a unha — diz Gastón —, é um gel que preparo com as bagas verdes da árvore — acrescenta, apontando com as sobrancelhas para os galhos da alfarrobeira.
— O que há de errado com minha unha? — pergunta a adormecedora, na defensiva.
— Nada — diz Gastón, e estende a mão direita para o pé da adormecedora.

Seu dedo indicador toca a superfície amarelada, acaricia a unha, delineia seu contorno, e o rubor que toma conta da adormecedora é tão forte que a aranha vascular desaparece de seu rosto.

69.

Ele não se esqueceu de que deveria ter pedido ajuda ao extremo-oriental, mas algo mudou; essas precauções agora lhe parecem tolas, uma frivolidade que ele podia se permitir em outros tempos, como se tivessem deixado de ter importância, e está enganado, porque o homem mais velho o intercepta quando vai chegando à persiana do restaurante. A mudança que a morte de Gato provocou em sua percepção da realidade, de suas urgências e ameaças, infelizmente não muda a realidade em si, essa coisa tosca e irritante. Olha para o outro com resignação, assumindo, com tédio, que chegou a hora de enfrentá-lo. Gastón aponta com o queixo para o bar da esquina, e o homem mais velho o segue obediente.

Pede uma cerveja, e o homem mais velho, uma água com gás.

— Eu sempre o tratei como um filho — diz o homem mais velho —, investi muito nele.

A narrativa sentimental já não faz efeito em Gastón; é tarde demais para a empatia e a simpatia, de nada adianta a mudança de estratégia do homem mais velho. Fala do talento de Pol, de sua inteligência, de seu rigor no laboratório, mas também de que sua instabilidade comprometeu seu rendimento, de suas carências, de uma tendência a se sentir acusado e perseguido, a pôr a culpa nos outros, de suas crises de ansiedade, do risco de desequilíbrio, e diz que tudo isso, de certo modo, talvez se deva à sua orfandade precoce, à morte da mãe.

— Ou ao excesso de pais — replica Gastón, que, na realidade, está dizendo algo mais, algo pior: que os culpados pela loucura de Pol somos nós, essa ficção de homens.

Tenta ser irônico, mas o homem mais velho nem sequer o escuta ou, se o escuta, ignora o que disse; passou dias em claro, esperando, e agora não pode parar. Diz que Pol abandonou o trabalho sem justificativa e que deve devolver o investimento que foi feito nele, que seu contrato está condicionado a resultados, que ele não recebeu salários, e sim rendimentos, agora injustificados. Depois aventura uma metáfora sobre o comportamento de Pol comparando-o com o metabolismo de certa bactéria que só se reproduz quando se sente ameaçada, fala da Tundra, dos dias sem a luz nem o calor do sol, da taxa de deserções entre os pesquisadores do instituto, de algum suicídio, do abuso de álcool, sedativos e outras drogas.

— O que você quer? — interrompe-o Gastón. — Dinheiro?

— Não é só isso — responde o homem mais velho.

Bebe um gole da água com gás e aproxima sua cabeça de Gastón, inclinando-se sobre a mesa.

— Pol levou uma coisa com ele — diz, entre dentes, baixando a voz.

— Levou — repete Gastón.

— Sim — diz o homem mais velho —, roubou.

— O que é? — pergunta Gastón.

— Não posso dizer — responde o homem mais velho.

Explica-lhe que as pesquisas que estão fazendo na Tundra são confidenciais, que os resultados são propriedade de um grupo de investidores, que ele não pode divulgar essas informações sem seu consentimento.
— É material sensível — conclui o homem mais velho.
— Sensível — repete Gastón.
— Sensível — volta a dizer o homem mais velho, desta vez sem esclarecer o significado do eufemismo.
Gastón toma a cerveja que resta na garrafa, tira umas moedas do bolso da calça e as deixa sobre a mesa.
— Eu não sei onde Pol está — diz.
— Não estou pedindo que me diga a verdade — responde o homem mais velho. — Tenho filhos, não sou ingênuo.
— O que podemos fazer para que nos deixe em paz? — replica Gastón, incluindo Max nesse plural e, embora não queira se delatar, também Pol.
— Apenas certifique-se de que Pablo não o utilize — diz o homem mais velho. — O material — esclarece.
Explica que dentro de alguns dias terá que voltar para a Tundra, que não pode ficar mais, que, se não encontrar Pol, terá que mentir, ocultar o ocorrido, porque do contrário poria em risco a confiança dos investidores. Gastón respira aliviado: acaba de entender que o destino do homem mais velho, de sua carreira e de seus projetos, depende de Pol; por isso tratou de procurá-lo pessoalmente, sem envolver mais ninguém (nem autoridades, nem polícia, ninguém), pois o que aconteceu, seja lá o que for, deve permanecer em segredo; nem sequer se trata de uma conspiração, mas de que isso é o mais conveniente para os interesses do homem mais velho, que é em parte culpado pelo ocorrido, por negligência ou falta de supervisão.
Gastón empurra a cadeira para trás, levanta-se, puxa a coleira fantasma de Gato, percebe estranhado sua leveza, sai do bar e atravessa a rua em direção ao restaurante.

70.

Estão assistindo a uma partida do time da cidade e tomando a segunda cerveja no balcão do restaurante vazio; Max e seu pai do lado do barman, Pol e Gastón do lado dos clientes, com a ausência definitiva de Gato a seus pés, deitada entre dois bancos, subindo como um calafrio por suas pernas até se alojar na barriga.

— Será que não foi a adormecedora? — pergunta Pol.

Diz que ela pode muito bem ter entrado na horta quando Gastón não estava lá, para pôr o cachorro para dormir definitivamente. Que teria feito isso por piedade, para que Gastón não tivesse de passar por essa situação. De novo está acionando a lógica da paranoia, na qual tudo tem uma explicação e não há lugar para o acaso. Gastón responde que Pol viu filmes demais, filmes ruins, esclarece, que foi uma coincidência, uma fatalidade, retifica, não estar lá naquele momento para acompanhar Gato.

As telas mostram que o melhor jogador da Terra parou de correr. Está inclinado para a frente, com as mãos nos joelhos, cuspindo ou talvez vomitando. Vemos como ele olha para fora do campo, para a lateral esquerda (onde o técnico o observa com os braços cruzados e cara de preocupação), se levanta e gesticula com as mãos pedindo a substituição.

Gastón contempla a caminhada do melhor jogador da Terra e percebe que é a última vez que o veem juntos, que a decisão de Max vai interromper os ciclos, a rotina, todos aqueles gestos repetidos milhares de vezes durante tantos anos, dois dias por semana marcados no calendário por causa de um jogo, o pretexto de seus encontros.

— Está vendo? — diz Max a Pol, erguendo por um instante a vista das balas coloridas. — Está na hora de voltar.

Trata-se da continuação de uma conversa anterior, da qual nem Gastón nem nós participamos, embora o contexto baste para entendermos (e lamentarmos) a pobreza da metáfora, o oportunismo com que Max se apropria da crise de ansiedade do melhor jogador da Terra para insinuar que é um sinal de decadência da vida na cidade. Outra pessoa que poderia fazer mau uso da situação, pensa Gastón, é o norte-oriental, que agora deve estar se lamentando na arquibancada, interpretando que as boas-vindas que preparou para o irmão talvez se revelem de mau agouro.

O pai de Max fita Gastón com insistência, há vários minutos que não afasta os olhos dele. Não suporta a incerteza, mas não quer se humilhar perguntando pelo dinheiro na frente do filho e do neto. Gastón sente o volume das notas no bolso da calça e não desvia a vista da partida; gosta de ter o pai de Max à sua mercê; pretende fazê-lo sofrer até o último minuto.

— Quem vai entrar? — pergunta Pol.

O melhor jogador da Terra aplaude em direção à arquibancada, aperta a mão do juiz e abraça o companheiro que entra em campo no seu lugar. Faz tudo com tanta cerimônia, com tanto pesar, que parece estar se despedindo também desta história. Gastón e Pol gritam o mesmo insulto, um insulto que evoca a mãe do técnico do time da cidade, ou não exatamente sua mãe, no momento em que descobrem a identidade do substituto.

71.

Ao sair do restaurante, quando a persiana já está na metade de sua descida para fechar a entrada, Gastón vê o Tucu. Está encostado na parede da outra calçada, rodeado pelos que saíram do bar da esquina quando o jogo acabou, para fumar. Tem uma garrafa de cerveja na mão direita e está gritando uma maldição bem debaixo da sacada de onde pende uma faixa do distrito, três andares acima, que apela aos noctâmbulos na língua nativa: "Queremos dormir, parem de fazer barulho".

Gastón o cumprimenta com um aceno de cabeça; mais que um cumprimento, é um gesto para que o Tucu saiba que o viu, que não o ignora e pretende escapar para sua casa, mas o Tucu atravessa a rua e o intercepta.

— Cadê o cachorro? — pergunta.

— Ficou em casa — diz Gastón, que não quer lhe dar explicações (e não tem por que dá-las).

O Tucu vira de um gole o que resta na garrafa.

— Me paga uma cerveja — diz —, preciso falar com você.

Vemos que ele cambaleia ligeiramente, oscilando da direita

para a esquerda com o vaivém que a bebida infunde quando se ultrapassa um limite. Nada de bom pode resultar dessa alteração do ânimo que distorce os sentimentos, dessa hipérbole das emoções; Gastón tenta escapulir.

— Vou para casa — diz —, preciso acordar cedo amanhã.

— Você pode me arrumar um emprego — replica o Tucu.

Gastón diz que não precisa de ninguém, que ele pode cuidar da horta sozinho.

— Se eu não tiver um contrato de trabalho, não vou poder renovar o visto de residência — diz o Tucu.

— Não preciso de ninguém — repete Gastón.

— Me arruma só o contrato, então — responde o Tucu —, para eu poder dar entrada nos papéis enquanto procuro outro emprego.

— Sinto muito — diz Gastón, e tenta se retirar, mas o Tucu corta seu caminho.

Estão frente a frente, encostando a barriga um no outro, e o Tucu começa com seu bufar pesado, com seus insultos telepáticos. Se pudéssemos entrar em sua cabeça, entenderíamos como funciona aquele ressentimento ancestral que foi o motor de tantas execuções sumárias.

— Eu teria que pagar os encargos sociais, e além disso, se a fiscalização me pega, a multa me leva à falência — explica Gastón, intimidado.

— Mas para contratar o pirado do Pol você não tem nenhum problema — diz o Tucu.

— Como é que é? — diz Gastón.

— Foi ele mesmo que me contou — diz o Tucu.

— O Gato morreu — replica Gastón, que se distraiu pensando em Pol, na possibilidade de que fique com ele, como se responder agora com a verdade à primeira pergunta do Tucu permitisse começar de novo, reescrever o diálogo inteiro, levá-lo a um lugar diferente desse enfrentamento.

Mas o Tucu não quer saber de revisões, reescrituras nem correções.

— Quer que eu fique com peninha? — responde, quase gritando. — Ou está pedindo que eu seja teu cachorro?

Empurra Gastón com exasperação, mais para afastá-lo do que para iniciar uma briga; Gastón aproveita o impulso, dá meia-volta, puxa a coleira fantasma de Gato e escapa para o outro lado, embora isso o obrigue a dar uma grande volta para chegar em casa.

72.

O novo diagnóstico aponta uma esofagite, Gastón lê na rede, navegando no celular, já deitado na cama. A imprensa esportiva publica um suposto boletim médico do clube, que ainda não foi confirmado nem desmentido oficialmente. A esofagite provocaria refluxo, náuseas, vômitos e, devido ao esforço físico, sensação de sufocamento, de agonia. As dores no peito, afirmam, é muito semelhante à que se sente durante um infarto. Lê também os rumores sobre demissões e contratações para a próxima temporada, listas negras de culpados, interpretações cruéis ou condescendentes sobre as razões que explicariam a eliminação do time da cidade do campeonato continental.

Gastón fecha o navegador e envia uma mensagem para o extremo-oriental: "Vou precisar da tua ajuda amanhã. Escrevo logo cedo". Em seguida, escreve para Max. Pergunta se já se deitou, se pode ligar. Gastón observa na tela do celular que Max já leu a mensagem, mas não responde. Espera dois ou três minutos e resolve tomar a iniciativa.

— Aconteceu alguma coisa? — pergunta Max ao atender.

Gastón diz que queria voltar a lhe perguntar se tem certeza do que vai fazer, pedir para ele ficar, pois pode ajudá-lo a recomeçar. Max agradece e responde que, se é o caso de recomeçar, prefere fazer isso onde tudo começou, em sua terra natal. Gastón replica de modo confuso, enreda-se numa explicação caótica na qual entendemos, resumindo, que diz não ser a mesma coisa recomeçar para a frente, olhando para o futuro, e recomeçar para trás, pensando num passado perdido. Que o tempo é uma coisa impossível de recuperar.

— Além do mais, que é que você tem a ver com tudo aquilo agora? — insiste Gastón.

"Tudo aquilo" é como Gastón chama a terra natal de Max, seus tios, primos, sobrinhos e meios-irmãos, que passados tantos anos são um bando de desconhecidos; a ideia nostálgica de um futuro em que Max pretende restaurar sua infância, corrigi-la, voltar a vivê-la, desta vez de maneira feliz.

— O Pol insiste em ficar — replica Max.

Está desviando a conversa para um assunto pendente, pedindo a ajuda de Gastón e, ao mesmo tempo, deixando claro que sua decisão não tem volta, que é uma volta sem volta.

— Ele diz que pode ficar com você por um tempo, até decidir o que fazer da vida — continua Max —, que pode te ajudar na horta. O que me preocupa é que a mudança o desestabilize ainda mais, ele precisa de sossego para se recuperar.

Pol poderia ser o substituto de Max; Gastón não pensa assim, mas percebemos que, no fundo, é isso que está acontecendo, o início de uma história, uma fantasia que alimenta as ilusões de Gastón: não vai ficar sozinho, ele também vai começar uma vida nova, acompanhado de Pol, que precisará dos seus cuidados e da sua proteção para se recuperar, para superar a etapa difícil pela qual está passando. Pol não está louco, não; está, no máximo, tão desequilibrado quanto qualquer jovem de sua idade, como todos aqueles que, ao sair para o mundo, encontram somente escombros, ruínas, todas as promessas não cumpridas. Ele precisa de rotina, normalidade, grandes doses de realidade, manter-se ocupado com coisas concretas, erguer uma barragem que o defenda das fantasias paranoicas. A horta é um lugar perfeito, seus ciclos, sua exigência diária de cuidados, o contato cotidiano com a terra, é isso que pode salvar Pol. Poderia até deixá-lo fazer experiências, devaneia Gastón, aproveitar seus conhecimentos de biologia, melhorar a produtividade das colheitas. Será preciso fazê-lo esquecer as conspirações, cultivar a horta.

— Gastón? — diz Max, achando que a ligação caiu.

— Por mim, não tem problema que ele fique comigo — responde Gastón —; se as coisas não derem certo, depois ele pode te alcançar — diz com prudência, para ressaltar que, depois de tudo, nada é definitivo nesta vida.

Gastón espera a resposta de Max. Embora não o vejamos, podemos intuir que Max está do outro lado hesitando, calculando, escolhendo as palavras certas.

— Com a mamãe ou com o papai — diz.

— Como? — pergunta Gastón.

— Parece que estamos decidindo se a criança vai ficar com a mamãe ou com o papai — responde Max.

Embora a comparação lhe pareça infantil, Gastón não diz nada, pois sabe que é o modo que Max encontra para lhe dizer que sim, que Pol vai ficar, que não tentará obrigar o filho a segui-lo em seus planos, que afinal de contas é um adulto.

— Passo na tua casa amanhã — diz Gastón.

— Prefiro ir de táxi — responde Max.

— Eu vou te levar até o aeroporto — replica Gastón —, não tem discussão. Você acabou de esvaziar a casa? Ou vai sobrar para a gente fazer isso?

— Falei com o norte-oriental — diz Max.

— O nome dele é Niko — responde Gastón.

— Ele também vai ficar com a casa — diz Max —, é para a família do irmão. Vendi para ele os móveis, a louça, tudo. Fizemos um contrato de sublocação.

— Isso é ilegal, Max — diz Gastón.

— Não posso continuar perdendo dinheiro — responde Max.

— Quando foi isso? — pergunta Gastón. — Por que você não me contou?

— O Pol tem razão — diz Max —, parecemos um casal de velhos. Um casal que não conversa.

De repente, Gastón se comove, sente o rosto esquentar, e os canais lacrimais recebem um sinal de alerta: são os hormônios da tristeza. Em trinta anos não tiveram que dizer essas coisas um ao outro, nunca, sua amizade era feita de subentendidos, de eufemismos, de brincadeiras ferinas, de gestos repetidos milhares de vezes, de tudo isso que os mantinha a salvo de ter que falar a sério.

— Você emprestou dinheiro para o meu pai? — pergunta Max.

Gastón não responde; continua tentando convocar os hormônios da indiferença para que combatam essa saudade antecipada.

— Acabou de ir para a estação — explica Max —, queria pegar um trem noturno, acha que a polícia internacional está atrás dele.

A imagem do pai de Max fugindo, como num filme, permite a Gastón se distrair, visualizá-lo oculto sob um chapéu e atrás de uma longa capa, e o vemos em branco e preto, como se sua fuga para os paraísos fiscais do centro do Ocidente acontecesse no século passado.

— Ele me deu parte do dinheiro que você lhe emprestou — continua Max, dando como certa a responsabilidade de Gastón no assunto —, para as minhas despesas. Vê se não é um energúmeno, meu pai. Sempre querendo que eu fique em dívida com ele.

73.

Talvez não devêssemos contar isso, abusar da confiança de Gastón, pôr de sobreaviso as autoridades tributárias peninsulares, mas temos uma responsabilidade maior. Ele nos deu um poder para escrever esta história e devemos exercê-lo.

Gastón faz uma ligação de madrugada, aproveitando a diferença de horário com o Cone Sul, aproveitando que está adiantado no tempo. O homem com quem fala é um advogado, um velho conhecido, deduzimos pelo modo como se cumprimentam, familiar e ao mesmo tempo distante, que nos faz intuir uma relação de muito tempo e uma cumplicidade a toda prova. Terminada a introdução para restabelecer o contato, Gastón diz que precisa vender tudo.

— Tudo? — pergunta o advogado.

— Tudo — responde Gastón —, imediatamente, o mais rápido possível.

— Mas são necessários documentos, assinaturas, procurações — replica o outro.

— Manda para mim tudo de que você precisa — responde Gastón —, mas já.

O advogado diz que não é o melhor momento para vender, que há uma crise econômica (mais uma, como sempre), que o mercado está estagnado, que seria bom esperar um cenário mais propício, mas Gastón não se abala, explica para que conta ele tem de transferir o dinheiro, e não é uma conta na Península, deve estar domiciliada num desses paraísos fiscais do centro do Ocidente, talvez até o mesmo para onde o pai de Max está se dirigindo agora.

— Escuta — diz o advogado —, você não quer mesmo conservar algo? No mínimo uma casa onde possa ficar, caso resolva voltar?

— Vamos vender tudo — insiste Gastón, taxativo, afasta o celular do ouvido e toca a imagem na tela que encerra a chamada, como se o passado fosse algo que pudéssemos espantar com um peteleco (com a ajuda de um advogado).

74.

Assim que Gastón estaciona a caminhonete na zona reservada para deixar e recolher passageiros, Max abre a porta e desce à terra em que viveu durante mais de trinta anos e que está prestes a abandonar. Não quis que Gastón entrasse no estacionamento, tenta obrigá-lo a evitar uma despedida melodramática, quer acelerar a cena, como se uma elipse pudesse atenuar a dor. Gastón também desce para abrir a porta traseira e ajudar a tirar as malas.

Pol abraça o pai às pressas e diz a Gastón que volta logo, que não vai demorar, que não saia dali, e se afasta correndo antes que um dos dois tenha tempo de fazer qualquer pergunta.

As malas já estão empilhadas no carrinho em que Max as levará até o balcão da companhia aérea; Gastón fecha a porta traseira da caminhonete e se aproxima de Max, que está conferindo se está com seus passaportes e as informações do voo.

No instante em que vão se abraçar, um policial aparece pedindo a documentação da caminhonete. Diz que esse tipo de veículo não pode circular nessa área e começa a digitar os dados de uma multa num dispositivo eletrônico. Max tenta se explicar.

— Não adianta — interrompe o guarda.

— O quê? — pergunta Max.

— Tentar causar pena com a despedida — diz o policial. — Não sei como resolvem essas coisas na sua terra, mas aqui cumprimos a lei. Peço que não diga nada que me obrigue a registrar uma tentativa de suborno.

Gastón percebe que Max está prestes a esfregar seu passaporte peninsular no nariz do policial, abraça-o para evitar que faça isso, sussurra que não vale a pena e trata de empurrar a mão dele de volta ao bolso, para que guarde o documento. Hoje, pelo menos, como prova de que algo está terminando, ou melhor, para ele, de que algo está começando, Max tomou banho. Também escolheu, dentre os montes de roupa suja, a menos amarrotada e fedorenta.

— Não tem pressa — diz o policial —, podem se despedir com calma.

Completam o abraço e Gastón abre a porta do carona para tirar a documentação do porta-luvas.

— Cadê o Pol? — pergunta Max.

— Não sei — diz Gastón.

Os dois olham na direção que acham que Pol seguiu, mas não têm certeza. O vaivém de turistas, que se aglomeram nas entradas do aeroporto, complica a busca. Max faz um gesto de resignação para anunciar que vai sem esperá-lo.

— Me avisa quando chegar — diz Gastón.

— Pode deixar, mamãe — responde Max, sarcástico.

Empurra o carrinho com as malas e se dirige à entrada mais próxima; vemos como atravessa esta página, sai das margens, se afasta, fora da vista de Gastón, da nossa percepção.

213

Gastón espera o policial fazer seu trabalho, e assim que Max desaparece por completo, como se o aeroporto fosse um grande palco teatral, Pol entra em cena.

— Que é isso? — Gastón lhe pergunta.

Está carregando uma mochila de acampamento, cilíndrica, ou melhor, avolumada em forma de cilindro por causa do que contém, seja lá o que for.

— Deixei no guarda-volumes quando cheguei — diz Pol —, não podia carregar tudo.

— O que é? — repete Gastón, ao notar sua forma estranha.

— Coisas — responde Pol, abrindo a porta do carona e se sentando com a mochila sobre as pernas.

75.

No ocaso, os contatados aparecem na horta; para uma sociedade secreta e conspiracionista, fazem bastante barulho: chamam por Gastón aos gritos do outro lado do portão. Gastón pensou que tivessem desistido, mas subestimou seu fanatismo; está sentado à sombra do abrigo de ferramentas com Pol, tomando um chá de folhas de alfarrobeira, tentando acalmar o rapaz, que parece estar à beira de outro colapso nervoso.

Enquanto Gastón hesita por onde começar a explicar quem são aquelas pessoas, Pol se levanta e lhe pede as chaves.

— Fui eu quem os chamou — diz, com a palma da mão estendida.

Gastón não se mexe, olhando alternadamente para Pol e para a entrada da horta, onde assistimos a um princípio de motim; devem ser umas dez pessoas ao todo, e agora estão sacudindo a grade do portão com violência.

— Não te contei tudo — diz Pol. — Sinto muito, mas não podia.

A palma da mão de Pol continua esperando as chaves, e isso lembra a Gastón todas aquelas tardes em que ia buscá-lo na escola, às cinco; a palma aberta de Pol para receber o lanche e em seguida a outra estendida para que Gastón a segurasse e o levasse pela mão até a escolinha de futebol ou até a praça das Mulheres Revolucionárias.

— Agora você vai entender tudo — promete Pol.

Há no seu olhar um brilho igual àquele que, imaginamos, milhares de escritores descreveram como o brilho da loucura, ou aquilo que se repete na ficção paranoica: que não existe sinal mais evidente do sobrenatural do que algo estranho nos olhos. Gastón não lhe entrega as chaves; levanta-se, sem dizer nada, e sobe a trilha que leva ao portão, seguido por Pol. O vereador e Ender estão à frente do grupo; também está lá o ex-professor da escola de Pol, que, apesar de teoricamente ser o líder da Sociedade, permanece em segundo plano, como um homem poderoso precedido por seus capangas.

Antes de chegarem ao portão, Pol sai da trilha e vemos que se dirige à caminhonete de entregas. Abre a porta do carona, pega a mochila cilíndrica e a pendura no ombro, para em seguida retomar a subida até a entrada. Aproxima-se de Gastón e desprende o aro com as chaves do passador de sua calça. Os contatados se acalmaram ao ver Pol, que manipula o molho para identificar a chave certa. Tira o cadeado, entreabre o portão e pede a Gastón que feche depois que todos entrarem.

— Vamos — ordena aos contatados.

Gastón vê o grupo descer pela trilha em direção à alfarrobeira, todos dóceis, apaziguados, extáticos, como se tivessem saído de si mesmos; Ender, o vereador, a secretária do consulado, o empresário de iogurte e alguns outros, que não deixarão o anonimato nestas páginas; carregam pás, picaretas e enxadas, como se fossem tarefeiros contratados para a colheita. Gastón trata de fechar logo o cadeado e corre ao seu encontro (precisamos dele lá embaixo, não podemos ficar longe justo agora que estamos perto de desvendar o mistério).

Os contatados começaram a cavar atrás da alfarrobeira, do lado oposto onde Gastón enterrou Gato; trabalham de forma coordenada, sem receber nenhuma instrução, como se tivessem sido treinados. O único que não cava é o líder, que dá um abraço em Pol antes de, juntos, abrirem a mochila para extrair um pequeno tanque metálico. Com um movimento da cabeça, Pol pede a Gastón que se aproxime; gira a tampa do tanque, que agora nos parece uma garrafa térmica, e uma nuvem de fumaça gelada sobe para o céu da horta, mas evapora antes de tocar os galhos da árvore.

— É nitrogênio líquido — explica Pol —, para conservar as sementes.

— Eles a entregaram a você? — pergunta o líder, utilizando a língua nativa.

— Na verdade, tive que pegar por minha conta — responde Pol na mesma língua.

De dentro da garrafa térmica, Pol extrai um longo tubo de ensaio no qual vemos uma substância esverdeada.

— Aqui vai começar uma nova forma de vida — diz a Gastón, voltando à língua colonizadora. — Este será o marco zero da colônia.

Pol entrega a ele o tubo de ensaio, gelado, que lhe queima as polpas dos dedos. Gastón sente seu peso na mão direita, é levíssimo, embora indiscutivelmente real, por mais que na ficção, em princípio, as coisas não pesem.

— Que é isso? — pergunta Gastón.

— Bactérias alienígenas — diz Pol. — Vamos semeá-las num poço — explica, apontando com as sobrancelhas para o lugar onde os contatados continuam cavando.

— Pol... — Gastón começa a dizer.

— Vocês podiam ter acreditado em mim — diz Pol. — Você e meu pai, não precisávamos ter chegado a isso.
Mas aonde chegamos? Ou a quê? Chegamos, infelizmente, ao literal, de onde não deveríamos ter nos permitido nem sequer nos aproximar, porque agora precisaremos de uma explicação. O que há no tubo de ensaio? O que é essa substância esverdeada? Gastón especula sobre o que o homem mais velho quis dizer com "material sensível" e, antes de acreditar em vida extraterrestre, está mais inclinado a pensar em elementos químicos raros, em material radioativo, em experimentos genéticos, sementes transgênicas, organismos híbridos.
— Você não devia fazer isso — diz Gastón —, pode ser perigoso.
— O que é realmente perigoso — interrompe o ex-professor — é a ideia de que tudo o que vem de fora, o alienígena, é uma ameaça que deve ser erradicada. Sabe qual o nome disso?
Gastón não diz nada, porque espera uma resposta de Pol, não um discurso do ex-professor.
— Fascismo universal — diz o ex-professor, respondendo à própria pergunta. — A fantasia de que é preciso preservar uma suposta pureza, uma ordem original, primitiva, conservar as essências, as tradições, um passado melhor. Você está de que lado?
Pol se aproxima e põe as duas mãos nos ombros de Gastón.
— Agora você acredita em mim, não é?
Gastón lhe dá um tapinha na bochecha, devolve-lhe o tubo de ensaio e se retira em direção ao abrigo de ferramentas.

76.

"Cheguei", lemos na tela do celular de Gastón, no aplicativo de mensagens instantâneas. "Você só levou dois dias", digita Gastón. "Foi a nado? Onde se meteu?" "Está com ciúme?", responde Max. "Isso não vai dar certo", escreve Gastón, "melhor a gente terminar." "Tem outra pessoa?", lemos a mensagem de Max, "A adormecedora?" "Você está melhor?", responde Gastón.

Max envia uma sequência de emoticons repetidos, um monte de carinhas chorando de rir.

77.

Entra no restaurante porque a persiana está aberta e as portas escancaradas, como se estivessem ventilando o ambiente. Dentro, o norte-oriental e seu irmão estão lixando a madeira do balcão; tiraram os pimentões que o decoravam e aos poucos a superfície vai perdendo a tinta verde. Gastón os cumprimenta e Niko diz alguma coisa para o irmão numa língua que não entendemos, embora não seja difícil deduzir que está dando informações para situá-lo, explicando-lhe quem é.

No fundo do salão aparece Varya. Está com os pimentões de madeira nas mãos, dando-nos a entender que estava brincando com eles, e se aproxima arrastando os pés, lutando contra a timidez, até o lugar onde Gastón está de pé. Pergunta alguma coisa para o pai.

— Ela quer saber onde está o cachorro — traduz o norte-oriental, sem parar de polir o tampo do balcão com a lixa.

Gastón titubeia por um instante, escolhendo as palavras que vai usar, mas em seguida percebe que caberá ao pai decidir como dar a notícia à menina. Diz, simplesmente, que Gato morreu. O norte-oriental interrompe seus movimentos, olha para Gastón, e ao falar com a filha demora muito mais do que deveria se tivesse transmitido a mesma informação. O que quer que ele tenha dito funciona, porque Varya reage com indiferença.

— Posso levá-la para tomar um sorvete? — pergunta Gastón.

Niko cumpre sua função de intérprete. A menina sorri e faz que sim com a cabeça.

ESTA OBRA FOI COMPOSTA EM ELECTRA PELO ACQUA ESTÚDIO E IMPRESSA PELA LIS GRÁFICA EM OFSETE SOBRE PAPEL PÓLEN SOFT DA SUZANO S.A. PARA A EDITORA SCHWARCZ EM MARÇO DE 2023

A marca FSC® é a garantia de que a madeira utilizada na fabricação do papel deste livro provém de florestas que foram gerenciadas de maneira ambientalmente correta, socialmente justa e economicamente viável, além de outras fontes de origem controlada.